離開前請叫醒我

盧思浩

作品 >
LUSIHAO'S WORKS

/ 多年以後，願你我都能過得更像自己 /

這本書裡有很多故事，是我的，是我朋友的，也是你的。我們的生活都不同，卻還是會因為同樣的東西感動。或許我們也會在某個下午，在不同的地方看著同樣的書。

對一個作者來說，這是件讓我無比喜悅的事。

我在高中時喜歡一個女生，喜歡到連大學志願都要跟她填一樣的程度，喜歡到只要是她喜歡的歌我都會去學的程度。畢業前我們約好一起去看演唱會，但我卻和她失去聯繫。直到2010年，我才一個人

去看了那場想看的演唱會。那天下著大雨，全場人都在陪臺上的五個人淋雨。我心想，不知道她有沒有來看演唱會，不知道她有沒有帶傘。

我不知道，我沒法知道。

大學時我常熬夜，幾乎每天天亮我還醒著。這時候我的室友一定會來敲我的門，一臉憔悴地一邊拉我去吃早餐，一邊吐槽今晚的報告做不完。我也打著哈欠被他拉出門，那時雖然難熬，但看到身邊有人跟我一起醒著，總覺得是種安慰。

剛開始寫東西的時候，讀者只有三兩個。李婧是其中一個，她每篇文都會看，還會給我很多意見和回饋，比我還認真。有一天我們聊天，我問她她的夢想是什麼。她說就想開個小店，輕輕鬆鬆過活，絕對不要像我，每天活得這麼累。

然後她特別誠懇地說，堅持下去吧，不管別人怎麼說，堅持下去。一年不行就兩年，兩年不行就三年，你一定可以的，老娘相信自己的眼光。

我堅持了五年，如今新書要面世，我卻找不到她了。

我回頭看時，只有她給我的留言還在：

往後的日子或許好或許苦，誰都不知道，但大多會比學生時代苦些。我們都有好運氣，但我們都沒有那麼好的運氣。我們都會在自己選的路上一路掙扎一路前行，只願這條路上有人陪你。

我知道有人陪伴是多麼幸福的事，所以我一直在這裡，絮絮叨叨地說著那些我覺得重要的事。希望你在自己難過的時候，在覺得自己不堪一擊的時候，也有人能陪你。

我們無時無刻都在成長，儘管有些成長你根本不想要，有些代價你

根本不想承受。於是我們只能一點點抽離以前的自己，酒後痛哭的自己，在操場看日落的自己，笨拙的自己，迷路的自己。但你要保留住一些東西，讓你得以還是你自己。

我想，這些陪伴過我的人，都讓我得以保留住了這些東西。

我們都有自己的夢想，然後踏上了自己選的路。

我們都不是被上天挑中的那類人，也不能保證自己天賦異稟，偏偏又貪心想要按照自己的方式活著，於是我們都在糾結徬徨中咬著牙向前走。

如果你不知道自己想做什麼，就先把身邊的事做好；不知道自己能去哪裡，就先走好現在的路；不知道自己會遇到誰，就先學會善待身邊的人；不知道現在做的有沒有意義，至少先確定自己不是什麼都沒做。迷霧裡你或許只能看見眼前的五米，但這五米一步一步走下來，霧就會慢慢散了。等待和拖延只會奪走你的動力。

總有段時間你的心情會特別差，發現自己走在彎路上，總有人捅刀子，覺得未來遙遙無期。

好在這個時候我都能想到這些基友，還有在相同處境中奮鬥的你。

正是因為這些人，讓我沒有緣由地相信，未來一定會變好；正是這幫渾蛋，讓我覺得世界沒有那麼糟。

希望這本書可以陪你一段路。

之後不再需要這本書了，我也覺得開心。

就這麼努力下去吧。

多年以後，願你我都能過得更像自己。

目　錄 · Contents

一

目　錄 · Contents

目　錄 · Contents

離　開　前　請　叫　醒　我

你是午夜誤點的乘客，而他偏偏也選了這班車。

READING GUIDE

background music

BGM：周杰倫〈稻香〉

BGM：李玖哲〈夏天〉

BGM：Eninem/Sia *Beautiful Pain*

*提供適合閱讀本篇文章的背景音樂

one

/ 離別時別回頭 /

我和我媽的默契就是每天我到家時她已經在我的水壺裡倒滿了水，每次我離開家時都會給她買上一堆她愛吃的零食。兩人彼此也沒有什麼交流，從來不厭煩。

不知道為什麼，我總是不懂應該怎麼對家人表達感情。越是至親，就越是不知道說什麼。或許因為扭捏，或許因為害羞，我總是什麼都不說。

這麼多年，我從墨爾本漂到坎培拉，從坎培拉漂到北京，來來回回

剛開始離家時總是興奮異常，充滿期待；到後來無論一路上是好還是不好，總是會想著家。對一個城市的歸屬感就是：無論你在一路上多麼顛沛流離，你都知道有人會在這裡等著你回來。

漂了七年多。每次回國又不在家裡久待，不是全國到處跑就是和朋友三不五時聚會。那時只覺得和朋友在一起的時間很寶貴，卻忘了跟家人在一起的時間也在做減法。最近這幾年因為工作，我住了不下五十家旅店，去了不下五十個地方，可每次都忘了給家裡打電話。

也許是天性就有漂泊的基因，在外面忙的時候從來不覺得太苦，所以從很小的年紀起就甘願一直離家那麼遠；也許是天性被夢想所困，所以才一直認為那渺小的故鄉，永遠放不下我們的夢想。

曾經以為在一個地方住得夠久，你總能扎下根來，你總能產生類似於故鄉的感情。的確在某種程度上，你選擇在一個城市生活，它就會變成你的一部分。可我總還是會想起小時候經過的走廊，打過籃球的籃球場，搬的那麼幾次家。哦，對了，還有我最愛吃的小龍蝦和陽澄湖螃蟹。

每次開始想念這些美食時，我總覺得是自己餓了。後來才明白，我是開始想家了。
想念一個城市，大概都是想念那些細節，和城市裡的人。

或許也是因為到了這個年紀，有些自然規律悄然而至，變成你一輩子逃不開的命題。那些遙遠的事情越來越近，有些東西你要麼不去在意，要麼就會變成你心頭的一根刺，永遠拔不掉。

我們都長大了，有時真的不知道這是一件好事還是壞事，但我們都知道這是一個沒法逆轉的事實。我只是覺得無論我成長得多快，和爸媽逐漸老去的速度相比，始終都太慢了。所以我只想拚命跑拚命跑，跑到我可以完全照顧自己的那天，跑到我不再需要向爸媽開口要錢的那天，跑到我可以依靠自己的力量支撐起整個家的時候。

每當我想到這些時，就覺得磕磕絆絆、跌跌撞撞都沒什麼可怕的。

只是偶爾地，收拾行李的時候還是免不了傷感，每次在家的時候不覺得，真要離開時才能懂家到底是什麼。

爸媽有時也會去機場送我，這些年我跟機場打過太多交道。送別時總是看著人走，離開時總是我先扭頭。捨不得好友孤身離開，又沒法真的送到海關，就只能目送他拿著行李漸漸從視線中消失；見不得爸媽傷感，所以就算難過也不回頭。隨著長大，有些情緒越來越難說出口，比如不捨，比如難過。

所以跑吧，既然選擇了遠方，就跑完這條路吧。說不出口的，就用行動證明吧。

漂泊的人總要回家的，離開都是為了更好地回來，我們都要對得起那個選擇漂泊的自己，和支持你漂泊的身後的那些人。

▸▸　BGM：　周杰倫〈稻香〉

two

/ 他們看起來是在關心你，
其實他們關心的只是自己 /

隨著年齡增大，身邊漸漸出現一類人：你完成了自己的目標發些感慨，他們就會說這不算什麼；你說起自己喜歡的書和電影，他們就會說這些很一般；你發了一張照片，他們就會說你整天就只知道玩樂；你準備做一件事情，他們就會說你堅持不下去的。

尤其是在這樣一個尷尬的年紀裡，我們必須做選擇。你長大了畢業了一個人選擇奮鬥，奮鬥了很久也算小有成就，卻因為遲遲沒有結婚對象就變成他們茶餘飯後的話題；你認真地考慮了選擇去一個比較遙遠的城市，起步艱難時有碰壁但你也算有衝勁，卻因為他們不

活在自己的年紀裡，看自己身邊的風景。喜悅也好快樂也好，都自己去體會；迷茫也好焦慮也好，都自己去忍受。和聊得來的人聊天，做眼前擺著的事，對自己負責，不去別人的生活裡隨意指手畫腳，也不被輕易影響。

喜歡就成為他們攻擊的對象。

是的，我要說的詞就是攻擊。很多人在說話時，總以為自己是為了別人好，於是肆無忌憚、變本加厲。

他們根本不知道你全部的故事，他們也不在意你是否樂在其中，他們只看結果。最可怕的是往往結果還沒出來，你的未來還有很多可能性時，他們就會給你蓋棺論定。

你原本嚮往的東西，被毀得面目全非。你期待夢想和愛情，卻發現很多人都在鄙夷和嘲笑這些看起來不值得奮鬥的事情。

他們看起來在關心你，卻又在期待你跌倒、期待你著急。他們期待你那看起來不值得奮鬥的感情和夢想破滅，這樣他們就能說：「看，我早就告訴你了。」

多揚揚自得，多理直氣壯。

「我從不認真投入一份感情、一份愛，所以我一直很安全。」
「你看我多聰明。」

我想說的是，這不叫聰明，這叫懦弱。你說的那些話，也不叫關心，叫指手畫腳。

一盆盆冷水就像一把把刀，有著超乎想像的殺傷力。這世界本就該百花齊放，可我們卻親手扼殺了太多。不過只是還沒有結婚而已，不過只是選擇了考研究所而已，不過只是選擇了夢想而已，不過只是還不知道自己想要什麼而已，不過只是想要安逸而已，不過只是沒有按照他們的樣子活著而已，憑什麼就一定要被批判？

越在乎一個東西，這個東西越容易變成你的軟肋。當別人不在乎這件東西時，你就會受到傷害，比如尊嚴。要麼不再在乎那些，要麼就變得強大一些。自己在乎的東西，只能自己去守護。我希望你堅持下去，為此你需要變得更強，比如夢想，比如感情。

對於習慣潑冷水並以此沾沾自喜的人，我知道他們的本性或許並不壞，可就是怎麼都喜歡不起來。我也知道有些時候他們說的是對的，只是這些話從他們嘴裡說出來毫無說服力。沒有努力過的人，沒有資格去鄙視那些正在努力的人。你不能因為自己變成了一個不痛不癢的人，就去嘲笑那些愛恨分明的人。

所以如果你是個過來人，請不要給正在進行中的人潑冷水，不管是社團活動還是旅行，不管是考研究所還是唱歌。即使你在這件事上有發言權，也不要覺得他們做的只是小菜一碟進而不屑一顧。只要一個人在用心地、認真地做一件事，不管這件事在你看來多渺小、多輕而易舉，都值得真心去鼓勵。

我太瞭解這些鼓勵有多重要了，因為我曾經在最困難的時候有一幫朋友守著我。我希望你也可以成為這樣的人，先去瞭解一些事情，然後再去談論這件事。

活在自己的年紀裡，看自己身邊的風景。喜悅也好快樂也好，都自己去體會；迷茫也好焦慮也好，都自己去忍受。和聊得來的人聊天，做眼前擺著的事，對自己負責，不去別人的生活裡指手畫腳，也不被輕易影響。

不要去打擾別人的小幸福，也不要去嘲笑別人的夢想，只要那些人真的是在努力。

10

three

／ 你等的人，等你的人，
　都是懂你的那一個 ／

1

從前有隻很可愛的汪星人，因為單身太久，所以被大家笑話，被叫成單身狗。

這隻單身狗受不了身邊的同伴秀恩愛，拿著骨頭就離家出走了，心想：我一定也能找到真愛。

於是他開始遊歷各國。

之所以帶著骨頭，一是因為他愛吃，二是因為這隻呆萌的汪星人曾經聽一個矯情逼盧思浩說過：喜歡一個人就是願意把自己最愛的東

你也曾飛蛾撲火，也曾披荊斬棘，也曾被不屑一顧，也曾不屑一顧過別人。你也愛過，也被愛過；你安慰過，也被安慰過，這世界並沒有特別虧待你。

跌跌撞撞後才能明白，你等的人，等你的人，都是懂你的那一個。

西分享給她。

2

汪星人很快遇到了一隻兔子。

兔子很可愛，汪星人感覺自己很高大，想要保護兔子。

他把自己帶來的骨頭都給了兔子，兔子眨巴眨巴眼睛，問：「你給我這麼多骨頭幹什麼？」

汪星人說：「因為我最喜歡這些骨頭了。」

兔子嚼了嚼骨頭，說：「這些骨頭一點都不好吃，但是既然你送了這麼多骨頭給我，那我也給你一些胡蘿蔔吧。」

汪星人嚼了口胡蘿蔔，心想：這胡蘿蔔是什麼，啊啊啊啊⋯⋯還是我的骨頭好吃，我⋯⋯我⋯⋯我⋯⋯可以向兔子拿回我的骨頭嗎？
想想都送給人家了，汪星人臉皮薄不好意思拿回來，就帶著胡蘿蔔繼續上路。

3
汪星人很快遇到了長頸鹿。

長頸鹿炫酷又威風凜凜，很快汪星人就崇拜上了長頸鹿。
可是他沒了骨頭，不知道該怎麼和長頸鹿說話，就默默地陪在長頸鹿身邊。
不管晴天還是雨天，汪星人都陪著長頸鹿，即使感冒發燒也沒有離開。

後來有一天天氣很好，汪星人想著是時候對長頸鹿說些什麼了，然後他抬起頭看向長頸鹿，卻被太陽晃了眼。
他在原地打滾，好不容易緩過來偷瞄長頸鹿，才發現長頸鹿從來沒注意到他。

他心想算了，長頸鹿又高又冷，每天都要仰著頭才能看到長頸鹿，一定會得頸椎病，於是他帶著一口沒動的胡蘿蔔又繼續旅程。

4

也不是沒有人喜歡上汪星人。

比如一隻小狐狸。

小狐狸偷偷跟汪星人走了好遠，趁著汪星人休息，把自己偷來的一車葡萄都送給了汪星人。

汪星人心想，小狐狸這麼誠懇，還是收下些吧。

小狐狸看汪星人收下了葡萄開心極了，因為太開心，她沒有注意到汪星人已經走遠了。

汪星人嚐了口葡萄，心想：這葡萄是什麼，啊啊啊啊……還是我的骨頭好吃，我為什麼把所有的骨頭都送給了兔子呢？不行，我要打個滾哭一會兒。

小狐狸心想：哈哈哈哈，汪星人收了我的葡萄，他收下了我的禮物，一定還是喜歡我的，啦啦啦啦啦，我一定要找到他。

5

汪星人遇到了喵星人。

汪星人心想，終於遇到比我矮的矮貨了，我可以欺負一下別人了。

然後汪星人落荒而逃，這隻喵星人最後和一個叫小馬甲的人在一起了。

汪星人遇到了撲火的飛蛾。

他對飛蛾說：「飛蛾，那是火，你撲過去會死的。」

飛蛾說：「我知道啊。」

汪星人搖搖頭，沒再勸，心想，自己也曾經這樣陪過一個人。

汪星人遇到了另外一隻灰色的兔子。

兔子看到他帶著一車胡蘿蔔，黏上了汪星人。

汪星人看兔子陪他走了一路，就把胡蘿蔔都送給了兔子。

汪星人心想：這些胡蘿蔔是我拿骨頭換來的，反正我也不喜歡，不如把它給喜歡它的人吧。哈哈哈，輕鬆了。

兔子心想：這個人對我真好。

其實汪星人只是給了她自己不需要的東西而已。

6

這個汪星人穿山渡河，翻山越嶺，愛過也被愛過，被傷害過也不經意地傷害過別人。

然後這個汪星人垂頭喪氣地準備回家，遇到了另外一個汪星人。

另外這個汪星人有一車骨頭，他覺得這一車骨頭很眼熟，就問她：

「你這一車骨頭是哪兒來的？」

她說：「我看到有隻小兔子守著一堆骨頭正發愁，我就把骨頭買下來了。」

汪星人問：「這麼好吃的骨頭，為什麼她會發愁？」

她說：「你珍視的東西不代表別人也喜歡，別人珍視的東西你或許也不屑一顧。而你喜歡的東西也是我喜歡的，我想分享給你的也是你想要的。」

小狐狸沒有找到汪星人，找不到了；小灰兔沒有等到汪星人，等不到了。

長頸鹿沒有在意汪星人，因為她找的不是他；小白兔沒有喜歡汪星人，因為她不喜歡骨頭。

沒什麼公平不公平。

你也曾飛蛾撲火，也曾披荊斬棘，也曾被不屑一顧，也曾不屑一顧過別人。你也愛過，也被愛過；你安慰過，也被安慰過，這世界並沒有特別虧待你。

跌跌撞撞後才能明白，你等的人，等你的人，都是懂你的那一個。

▶▶　BGM：李玖哲〈夏天〉

four

/ 因為你自己喜歡 /

冬天最愛的三樣東西：火鍋、周黑鴨和圍巾。前兩樣因為祛痘，不得已忌了口。後一樣則無論風吹還是雨打，一直都能帶在身邊。

我對圍巾一直有種特殊的偏愛，有一天我在上海從徐匯去浦東，一路地鐵坐到了浦東機場站。我心想有什麼不對，猛然一低頭，發現圍巾沒有戴，硬是沿著原方向一路坐了回去。

那天我由衷地感歎：他娘的上海真的是太大了。

那天跟我約好的老陳也由衷地感歎：他娘的盧思浩真的是一個神經病。

因為一個人喜歡一首歌，喜歡一本書，喜歡一部電影，喜歡一座城市。
然後或許帶你走進這些的人很快就消失在你的生活裡，直到時間模糊了
他們的長相。把這些歌、這些電影、這些習慣保留下來，不是因為放不
下，而是因為自己喜歡。

在我還沒變成這樣一個神經病之前，我很不喜歡戴圍巾。因為這東
西太過臃腫，作為一個活了二十多年從沒穿過秋褲的人，一身輕鬆
才是我的畢生追求。
但在我的畢生追求中，出現了一個姑娘，徹底打亂了我的計畫。

我的逗逼（*意指犯傻）精神從小學開始，一直延續到了現在。在
我的高中時代，這種精神具體體現在我非常愛看打雷。本著科學求
知的精神，我很單純地好奇如果被雷劈到，是不是可以打通任督
二脈，從此走向人生巔峰。而我又最喜歡末日景象，那年頭的教室

沒有空調，只有電扇，解救夏天的悶熱只有時不時的雷雨才可以做到，明明只是下午的天氣，卻暗得像午夜。

這種時刻大家都在教室裡自習，只有我執著地趴在教室外的欄杆上，盼望著下雨。很長一段時間裡，整個樓層只有我一個人會這麼做，直到某天我不經意地看向右邊。我發現了一個姑娘，她也在等打雷。

愛看打雷的人應該不多，在同一時刻等打雷的人應該更少，而這個人就在你的十米之外，加上她還是個漂亮的姑娘。這叫作什麼，這叫作緣分啊，朋友！

我把老陳拉出來，指了指旁邊的姑娘，跟他訴說了我愛上這個姑娘的過程。

老陳一聽突然興奮起來，說：「你趕緊去追人家姑娘，以後週末就叫上我和大丁。你們在我們面前秀恩愛，然後大丁就會受到觸動，然後我就能追到大丁了！」

我說：「得了吧你，那你現在去和大丁說話啊！你連一句話都不敢和她說，還想追她。」

老陳沒聽進去，對我說：「趁現在快去認識一下。」

我說：「一般的認識方式不夠炫酷，待我想個更炫酷的，我要讓她

覺得我不一樣。」

我回家之後苦思冥想，終於想出了一個炫酷的認識方式。

那天我和老陳交代了一下計畫，老陳聽完後瞪大了雙眼，說：「你個神經病，至於這麼大費周章嗎！」

我說：「這樣才像邂逅啊！」

計畫是這樣的：

我們學校六點半上晚自習，姑娘每天六點一刻才去吃飯，巧妙地避開了高峰期，但也壓縮了吃飯時間。那天我和老陳跟在姑娘身後，我拍拍口袋對著老陳說：「啊，老陳，我忘記帶餐券了。」老陳也拍拍口袋說：「啊，盧思浩，我也沒帶！」

興許是《還珠格格》看得太多，至今回想起來我們當時的語氣，完全就是爾康第二版，但我樂在其中。

我說：「那我們去向前面的同學借吧。」

老陳說：「好啊。」

我拍拍姑娘的肩膀：「姑娘，我們剛才說什麼，妳聽到了嗎？」

姑娘說：「廢話，你們兩個說這麼大聲，全操場都聽見了好嗎！」

我們一起買飯，買完後各自找了位置坐。眼看我的搭訕計畫要泡湯，

我趕緊把包子叫了過來，姑娘快要吃完時，我給包子使了個眼色。

包子心領神會，拍案而起：「盧思浩，你叫我來吃飯，你居然沒帶餐券！」

我說：「我沒想到老陳也沒帶，你等等，我去向剛才那個姑娘借！」

於是我走到姑娘面前：「姑娘，我們剛才說什麼，妳聽到了嗎？」

姑娘說：「廢話，你們兩個說這麼大聲，全食堂都聽見了好嗎！」

姑娘有些為難，說：「我馬上要回去上晚自習了，借給你們，我怕來不及……」

我心說，等的就是這句。

我說：「那妳把妳的小靈通（*即PHS手機）號碼告訴我，晚上我發訊息給妳，然後還妳餐券。」

姑娘想了想，說：「那好吧。」

然後她把自己的小靈通號碼告訴了我。

那一瞬間我感覺自己的智商達到了巔峰。

就這樣，我和姑娘正式認識了。

她說自己喜歡「五月天」，我說這麼巧我也是，然後回家惡補「五

月天」的資訊。

她說自己每天起得早都會早點來學校，我說這麼巧我也是，然後從此開始早起。

她說自己住城南，我說這麼巧我也是，然後每天晚上送她回家，再一路狂奔回我在城東的家。

那時候喜歡一個人，就是送她回家不管東南西北都順路。

那時候喜歡一個人，就是陪她吃飯不管酸甜苦辣都愛吃。

那時候不管做什麼事，都特意想突出一個「巧」字。我希望她喜歡的正好是我喜歡的，她愛吃的正好是我愛吃的，她去學校的時間正好是我平時的時間，就連我遇見她這回事也正好是我沒帶餐券。

這樣姑娘一定會認為我們兩個之間所有的故事，都是因為緣分。

有些恰到好處是他的費盡心機，有些偶然相遇是蓄謀已久，有些理所當然是因為喜歡。

有時候翻山越嶺，就為了和她在一個路口相遇，然後可以假裝不經意地說一句：「好巧。」

這是我自以為是的浪漫，這是我想讓她覺得我和別人不一樣的地方。

興許一些不同能讓她對我記憶深刻，這樣的想法貫穿始終。

很快到了我的生日，大約在冬季。

生日前夕，我隨意跟姑娘說了句想要個生日禮物，隨意到我自己都忘了說過要生日禮物。

那天我在校門口等她回家，從九點半等到了十點，小靈通發訊息她也不回。生日夜卻見不到她，我特別失望。

正當轉身要走時，我聽到有人在背後叫我，我剛回頭還沒來得及反應，姑娘一把把圍巾給我戴上了。

是一條大紅圍巾。

那一瞬間我居然不知道說什麼，心裡滿是欣喜嘴上卻嘟囔著這圍巾不好看。

姑娘一時上火，伸手就要把圍巾拿下來，我說就不摘。

於是我們繞著操場跑了好幾圈。

很多年後我回想起這個場景，覺得特傻，又不知道為何覺得特別浪漫。

後來我把姑娘送回家後，一個人騎車回家。明明是冬天，我卻一點也不覺得冷。

那天晚上我決定換個小靈通，一定要買最高級的那種，一定要可以

存一百條簡訊的那種！我想把跟她的聊天簡訊盡可能多地保存下來，為此我省吃儉用，外加不要臉地蹭了姑娘兩頓飯。

因為常和她見面，本來不戴圍巾的我開始每天戴圍巾，而且自己研究出了圍巾的七種不同戴法。再加上我那時喜歡穿大衣，老陳說我每次出現都有種《上海灘》的既視感。

我說：「以後每年的冬天，我都要戴圍巾。」

再過一年，我要出國了。

姑娘很早就知道我要出國的消息，也是她一直鼓勵我，我才堅定了這個想法。

高三的冬天，姑娘要上高三下學期，我要飛去墨爾本。那個寒假，姑娘給我織了一條藍色的圍巾，讓我把紅色的還給她，她想自己戴，這樣我們兩個人就還算是有著關聯。

那天我對姑娘說：「等你們高考完，我一定會回來給妳唱〈溫柔〉。」

姑娘點頭，說：「等你回來，我們一起去看場演唱會。」

最後，我還是沒來得及把紅圍巾還給她。

高三的寒假特別短，短到我還沒來得及好好告別，她就不得不去面對六月即將到來的龐然大物。

到了墨爾本之後，我買了一把吉他，開始每天練習〈溫柔〉。

於是我的室友在每次我拿起吉他的一瞬間都奪門而出。

渾蛋，給我點面子好不好！

我從來就沒有什麼音樂天分，即使這首歌我反覆練習，也沒有練出想要的效果。但我還是一天天數著回國的日子，終於在回國之後，高考結束那天我騎著自行車，飛奔去了學校。

那天我揹著吉他，覺得自己一定是整個學校裡最帥的人。

可我沒有找到她。

我不甘心，就給她的小靈通發了條簡訊，說我第二天在學校裡等妳，要唱歌給妳聽。

第二天一早，我就拉著老陳和包子去了學校，三個人都沒得及吃早餐，拿著小籠包外賣一路飛奔。到了班級門口，我拿起吉他開始練，一邊抓緊最後的時間記歌詞，一邊排練要對姑娘說的話。

從早上排練到下午，從下午排練到影子被夕陽拉得很長，姑娘還是沒有出現。而我不知道為什麼，沒有打電話給她。

那天下午我唱：那愛情的綺麗，總是在孤單裡。

那天下午老陳唱：世界若是那麼小，為何我的真心你聽不到。

那天下午包子唱：蒼茫的天涯是我的愛……

那天下午包子拍著我的肩膀說：「別難過，她沒聽到也是好事，你唱得實在是很難聽……」

我給了他一個白眼，拍了拍老陳的肩膀：「我不難過，你聽老陳唱得更難聽。」

然後我拿起吉他從頭開始唱：「走在風中今天陽光突然好溫柔，天的溫柔地的溫柔像你抱著我。」而我心裡跑過的字幕是：你大爺的，她從沒抱過我，溫柔你妹啊，溫柔，啊啊，我不管，啊啊啊，一點都不溫柔。

六月即將進入盛夏，所有人都不知道為什麼那天我手裡拿著一條圍巾。

然後我跟姑娘沒了聯繫，最後有關她的消息，是她去了上海。

難過的時候，我在微博裡寫：

「那時候自以為是地用借書這種很爛的方式去她教室找她；那時候小靈通的訊息要精挑細選怕丟失了她的訊息；那時候喜歡一個人，大概就是可以從操場一眼看到她。你猜現在我覺得最遺憾的是什麼？」……「嗯？」──「後來想起我們沒有一張合照。」

我不知道為什麼認識那麼多年，卻從來沒有拍過一張合照。

眨眼好幾年過去，2013年老陳結婚，結婚對象是他暗戀了七年多的
大丁。

我給他發：「新婚快樂，渾蛋，要幸福啊，走音男。」

他給我發：「你看，真心還是能被聽到的。」

我心說：「是，可總有人會沒那種命，我是其中之一。」

還是這年的冬天，我接到一個電話，電話另一頭放著〈溫柔〉。嘈
雜的聲音裡，我聽到電話另一頭有個姑娘一直在問：「你能聽到
嗎？你能聽到嗎？」

我實在想不起這是誰的號碼，就把電話掛了。

掛了電話之後，我收到了那個電話號碼發來的簡訊，她說：「我聽
到了。」

我的心跳瞬間停了一拍，拚命跑回家，想找出那條被我遺忘許久的
紅圍巾，卻怎麼也找不到。

我想著我該給這個號碼回條簡訊，可不知道該回什麼。我想問問這
個號碼的主人是誰，可又怕知道了卻無話可說。

明明有滿肚子話想說，可又怕對面早就不是那個想傾訴的人。

第二天我鼓起勇氣回了一條簡訊，但電話那頭再也沒了回應。

再試著打過去，電話關機。

2014年冬天，我開始巡迴演講，出發前的夜晚我整理房間，在衣櫥的抽屜裡找到了曾經省吃儉用買的小靈通。可電池已經過期了，這個小靈通再沒能打開。我想，這裡面的簡訊是我精挑細選留下來的，可我記不清裡面的哪怕一句話。

原來所有東西都有保存期限。

我找到了一張專輯，是「五月天」的〈愛情萬歲〉，裡面就有這首〈溫柔〉。
原來這首歌已經這麼老了，原來我已經聽了這麼多年。

我一直沒有找到那條紅色圍巾。
直到現在也沒有找到。
但那也沒什麼關係，你看每年冬天我都還圍著圍巾，但我不再為了誰圍著，也沒有非要圍著那條已經找不到的紅色圍巾。

因為一個人喜歡一座城，喜歡一首歌，喜歡一個樂團，喜歡一部電影，那是生活中經常出現的戲碼。因為你想要知道在那些你不曾出現的日子裡，這些東西是怎麼給了她力量；因為想要用盡一切辦法去接近她、瞭解她。

有時候聽一個人聽過的歌，讀她讀過的書，看她看過的電影，是想要更瞭解這個人，更接近這個人。只是許久後你發現，那些聽過的歌、讀過的書、看過的電影，也能給你力量。翻山越嶺卻擦肩而過，彼此交談卻感覺不再，其實都無所謂了，因為你知道變優秀並不是為了別人，而是為了自己。

保留下的那些習慣，不是因為放不下；保留下的那些喜好，都是因為自己喜歡。

重要的是，學會了好幾種圍巾戴法的我，多帥氣。

故事的最後，本來想用那首〈溫柔〉結尾，卻突然想起另外一首很喜歡的歌裡寫道：「我已經不知道去哪裡才能見到她，如果有人看見了她，如果你在她的身邊，請多多照顧她。」

寫給你。
請照顧好自己。

▶▶　BGM:　McFly　*Shine a Light*

five　　　　　　/ 未來太遠，現在就是永遠 /

每年的一月我都非常矛盾，不能接受自己又老了一歲，就像不能接
受吃到一半的小龍蝦被人端走了。渾蛋！還我小龍蝦！還我時間！

但我又暗自期待新一年的到來，彷彿每一年我都是這樣。我總覺得
新的一年我就可以轉運，我就可以重新洗牌，我就可以從頭開始，
我就可以煥然一新。

於是在這樣的迴圈裡，我走過了一年又一年。
有那麼好幾年，我都在年初時信誓旦旦，在年末時黯然神傷。

可能看到一個視頻決定健身，可能因為一個演講決定看書，可能看到大牛決定背單字，可能因為生病決定早睡。可又心血來潮，即使生病那麼難受也是好了傷疤忘了疼。一時刺激能改變一時，卻沒法形成持之以恆的動力。要改變要麼想辦法刺激自己，要麼發自內心地去堅持。不必等到什麼好狀態、好天氣，就在此時此刻。

好在最近我逐漸擺脫了這樣的狀態，儘管每次老一歲時，我還是有小龍蝦吃到一半被人端走的感覺。

曾經有那麼一個年初，我滿心期待地列了很多計畫，發誓新的一年一定要有所改變。我買了四本單字書，我在各種網站找有用的資源，我下載了很多電影，只要有用的東西我一定會先收藏，然後告訴自己有時間再看。

那陣子我和基友（*即同性好友）說好互相監督：每天背一百個單

字，每週看一個公開課，每三天看完一本書。為此我們賭咒發誓，做了萬全的準備，甚至做好了互相懲罰的措施。

比如某天我少背了兩個單字，我就得讓他在我臉上塗鴉然後拍照，並且全程不能反抗……我心說，我走的是偶像派路線好嗎？而且全程不能反抗是什麼鬼！
……然後兩個月裡我被他拍了十次，然後為了讓他把照片銷毀請他吃了十頓飯。

他也沒好到哪裡去，他是社交小王子，身旁的電話就沒斷過。於是他也把自己的計畫一拖再拖，他跟我唯一的區別是，他從來不怕我在他臉上亂塗亂畫……

最後他把自己的拖延症歸結於宇宙。他說，每次都那麼巧剛拿起單字書就有電話，這一定是整個宇宙都不想讓他學習，他應該順應宇宙的意思。
他說這話的時候太過正經，我居然順著他的意思點了點頭……

後來有一天我想起來我那時候收藏的很多資料，打開時卻發現原作者點了刪除。
我收藏的是什麼，我一點也想不起來了。
螢幕上的一句句「你收藏的文章已被原作者刪除」「你收藏的資源

已過期」，像是一個個巴掌打在我的心頭。

我不懷疑我當時的動力，否則我也不會花那麼多時間去搜集那些資料；就像我絲毫不懷疑每年伊始，我想要改變自己的決心。

我們想要改變世界，但我們連自己最深惡痛絕的習慣都改不掉；我們想出去旅行，卻往往連下樓買菜都懶得走；我們想要靜下心來看幾本書，卻連翻開第一頁的勇氣都沒有。
慢慢地，我們變得能花幾個小時刷微博，卻沒辦法花幾個小時看書。

信誓旦旦有多容易變成說說而已？大概就像你每逢新的一月都會告訴自己一定要改變一樣容易。這就像個固定的儀式，新的一個月、新的一年你都這麼告訴自己，可到頭來毫無改變。

明天我要把這本書看完，明天我要多背幾個單字，明天我要開始減肥，明天我要開始改變。
當初我們都是信誓旦旦，到了最後我們通通慘敗。

所以我想，今天能改變的事情，為什麼要等到明天？今天就可以從頭開始，為什麼要等時間走到新的一年。為什麼我們都在等待著那

麼一個時間點，告訴自己要改變，然後又把那些誓言扔在腦後？

人生必須有這樣的一些時刻，你忍無可忍拍案而起，想著老子非把這件事情做了不可。然後豁出去做這事，做完後渾身舒爽；人生必須有這樣的一些時刻，你對自己的某個壞習慣忍無可忍，對自己發誓一定要改，豁出去改到最後真的改掉。不要安慰自己，要麼就真心喜歡現在的自己，要麼就去變成喜歡的自己。

我希望現在就是那個時刻，我希望早一點改變，所以我再也不去考慮明天，再也不去考慮以後，現在就是永遠。我已經厭倦了，厭倦一次次對自己說來日方長，厭倦一次次安慰自己。

未來太遙遠，我不知道它會不會來，今天就是我的永遠。

我的做法是給自己定一個非常短期的目標，一個星期或者一個月，把這個目標完成了就獎勵自己一個大休息，徹底放空的那種，工作什麼的都不管。用心做好手頭的事，這樣在放鬆的時候才能心安理得。

在這段時間內，我不允許自己再猶豫再糾結，我會把所有的都扔掉。「尼瑪（＊你媽諧音），就這麼短的時間，哥都堅持不下來？這

不能夠！」抱著這樣的想法堅持下去，就能堅持下來。

Work hard，play hard。

另外，不要期待短期內一件事情會給你帶來特別大的回報，很多時候充實感已經足夠。你不能指望著一本書就能改變你的人生，凡是抱著這種想法讀書的人大多都讀不出來什麼。你需要讀上幾百本或者保持思考，才能對你的生活產生影響。

接著就是我個人的一點小辦法，我通常會在起床之後把該做的又不想做的事情都點開，逼著自己開始，不給自己「我刷一會兒微博就開始」的機會。（像我這樣的人，一開微博就會刷半小時，開玩笑，當然不能開。）

這樣做的好處除了上面說的，還有就是到了夜晚我的時間都是我自己的，而那個時候通常都是忙碌的時候。不管是上網放鬆找朋友聊天，還是出去玩都可以自由地安排時間，不必擔心自己還有任務沒做完。

當然還有很多人是越晚效率越高的，我在寫書這方面就是。同樣，我也會把所有要做的東西都點開，把手機扔在一旁，能不上網的時

候就不打開網頁。

另外我是一個特別需要聽歌的人，我的歌單裡永遠都有幾首我聽了會很有動力的歌，或者是那些能幫助我focus集中注意力的歌。每個人的歌都不同，但我想每個人都有那麼幾首歌能激勵自己。我就會反覆地聽那些歌。

永遠不要相信自己「玩五分鐘就去學習」的鬼話，社交網路能不看就不看，最多刷一個朋友圈，忍住不要回覆任何人。要杜絕自己的一切手賤，就把手機這個「萬惡之源」暫時扔到一旁。其實大多時候你不能集中注意力，不是有別人來打擾你，而是你自己給別人打擾你的機會。

所以就是：找到做完之後會讓自己充實的事情；釐清放鬆和工作之間的關係，把之後的旅行當作努力工作的獎勵，而不是一種逃避；如果可以，儘量不要上網，找幾首自己喜歡的歌就能不知不覺度過很久；不要太在意時間，時不時地看時間，給自己定個鬧鐘，在鬧鈴響之前儘量不要管時間。

不要看到別人做什麼好，就去嘗試做什麼，因為每個人表現給你看的不一定就是全部。很多時候你跑到別人的軌道上了，發現那個不

適合你，看起來光鮮的其實也有屬於他們自己的苦處。看到全部，再謹慎地做選擇。

拖延會使一些事情變得可怕，有時就得去做那些可怕的事。如果還很可怕，那恭喜你，你的判斷是對的，至少你鼓起了勇氣；如果你順利做完，你會發現這些事不過如此。大多事都是後半部分，很難、很可怕而你很糾結，然後你鼓起勇氣，不管過程多難，做成後都不過如此，死不了。以後遇到類似的事，你也不會再掙扎了。

最難的是養成習慣前的那幾天，我強迫自己不看手機，手機的唯一用途就是放歌。朋友圈不看，微博我也不刷。我對自己說，兩小時不看手機又不會少塊肉，只要你這兩小時裡看了手機，你就會永遠吃不到小龍蝦。沒想到這樣的心理暗示極其有用，慢慢地就習慣了。

不要再期待新的一年，不要等到某個時間點再改變。

自己不改變的話，新的一年也只是之前的重演。想去的地方沒有去，想談的戀愛沒有談，想做的事還是沒有做。日曆一頁頁翻，時間一點點走，可你仍困在原地。等待也好，迷茫也好，都不要把自己留在原地。新一年不代表新的開始，如果你沒有行動；只要你下

定決心，每一天都可以是新的開始。

說說而已，都很簡單，我們都不能這麼委屈了自己，配不上所受的苦，又辜負了自己的野心，不上不下最難受。所以就去做一些牛逼的事情吧，比如改掉你最痛恨的一個壞習慣，或者做一件自己很想做卻沒有做成的事情。

過去的每一天，你看的每一本書，你做的一些小事，你偶然遇見的人，都在一點點組成你的現在，你的現在組成你的未來。你一路丟掉的都是你曾經堅守的，你擁有的都曾水遠山遙、遙不可及。你放棄的就別羨慕，你承擔的都是你選擇的，別猶豫別後悔，有熱愛有堅持。

那是你最好的樣子。

▸▸ BGM:　五月天〈OAOA（現在就是永遠）〉

six

/ 寫給自己的生日 /

忘了是小學幾年級，接觸到了《灌籃高手》，於是一發而不可收。同學下課時都喜歡討論裡面的劇情，有人喜歡流川，有人喜歡仙道，有人喜歡赤木，也有很多人跟我一樣，喜歡三井和櫻木。那幾年，我的生日願望都是：要成為一個專業的籃球員。

於是我正兒八經地開始去實現自己的夢想，每個週末都去練球，那時的我太小力氣不夠，三分永遠進不了。我是偏執型人，偏不信這個邪，就拚死練三分球。夏天時常下雨，我們打球又在室外，我常常被淋成落湯雞，直到整個籃球場上都沒人了，我還是執著地投著

答應自己的事，少一件都不算數。我不怕做不到，我怕我不去做。其實等待沒有那麼長，是你總在原地讓那未來變得遙遙無期。辜負自己太容易，藉口總比行動多，安慰自己又對自己妥協。那就做些讓自己刮目相看的事吧，比如養成一個很棒的習慣，比如比以前堅持得更久些，比如在快對自己妥協時炫酷地說不。

籃。雖然每次回家都被我媽一頓嘮叨，但那時一點也不覺得累，因為自己正在朝著目標一點點靠近。

小時候就是這樣，夢想最遠、最不切實際，可你永遠有著不知道哪裡來的力氣和堅定。

進入高中以後，我就慢慢地放棄了這個夢想。一是我沒有動輒就兩米的體格，二是那時的我已經開始明白，要成為一個籃球員，除了努力還需要一定的天賦。儘管不想承認，可那個天賦，我並沒有。

再後來我就開始喜歡上吉他，原因沒什麼，只是因為喜歡的女生喜歡。那時也執著地反覆練習，就為了練一首歌。終於學有所成，卻沒能把那首想唱給她聽的歌唱給她。

如今我不再打球，吉他被老高拿走以後也沒有再買過新的。讓我淋雨打球的日子已經一去不復返，而我的樂感依舊無可救藥。那時候堅信長大就可以實現的夢想，早就不記得了。

只是《灌籃高手》一直在，每次看都會起雞皮疙瘩，然後毫無懸念地被感動；只是愛過的歌一直在，雖然常常會忘了歌單裡有這些歌，但每次隨機播放到這些歌時，都會按下單曲循環。

其實我不確信人到底專情不專情。

有些東西你留了很久，但清理的時候還是說丟就丟了；有些人你說好一輩子不會忘，但時間久了你還是想不起他們的模樣。但有些東西你丟不掉，就像你單曲循環的歌，就像你看了無數次的電影，就像那些讓你覺得充實的事情。不管是在清晨還是午夜時分，不管是在地鐵還是家裡的電腦桌前，你都會因為這些事情放慢你的腳步。

今天是我的生日，我又把那些讓我感動的東西翻出來看了又看，也整理了自己的房間，看到了很多舊照片。於是我再一次確信，過去的事情不會平白無故地消失，遇到的人都有遇到的意義，它早就變成了你的一部分。

曾經在看《挪威的森林》時，看到村上寫的一段話：「那時我突然發現自己已經二十歲了，這個突然的發現讓我有點不知所措。在那之前，我一直以為十八歲之後是十九歲，十九歲之後是十八歲，如此反覆。」

2001年北京申奧成功，我那時候還住在鄉下，我告訴奶奶這個消息。我奶奶說，2008年的事情還很遙遠呢。七年後北京成功舉辦了奧運會，又過了七年，恰好就是現在了。

說好的十八歲離開我已經不知道多少年了。好在我還沒有那麼老，很多時候我回想過去，都會覺得有些事情應該能做得更好，但我已經學會不去遺憾了。

這一年我跑了很多地方，終於有點自己想要的模樣了。我也終於見到了很多在螢幕在書本另一邊的你們，可以當面跟你們說一句感謝了。

我曾經度過一段很孤獨的時間，那段時間一個人上班一個人下班一個人吃飯一個人睡覺，甚至跨年都是一個人在高速公路上。我不想找人傾訴，沒有訴苦的欲望，不知道怎麼度過這段時間。好在很快我就撐過去了，也找到了自己的生活方式。

過你想過的日子並不容易，你需要付出很多才能保持不被其他左右。如果可以，我還是希望你為了想過的生活努力一次，因為那是你本來的樣子。我現在最慶幸的不是走了多遠，而是回頭看發現原來的那個自己還在，只是他更冷靜、更沉默了，但他依舊熱血、依舊努力。

再過幾年，就真的要到被你們喊叔的年紀了，希望自己還是一個吃貨（哈哈），希望我還在這裡，希望我回頭看還能對自己說一句：還好有些事情你一直在堅持。

因為我執著，因為我捨不得，因為我要抓住剩下的每一個東西，更因為我已經放棄了告別了太多，所以剩下的所有都很重要，重要得哪怕我需要花費全部精力，我都要抓緊。如果沒有天分，我就用時間去換。

因為我欠自己的，一定要自己補上。

不是為了誰看到，不是為了誰知曉，而是為了我自己。

又是一年生日，其實我並沒有什麼特別的生日願望，就想這麼按照自己想要的走下去。

我不知道明天的我會去哪裡，我不知道明天的我會遇見誰，但我不擔心將來會發生什麼。每分鐘都有告別，每分鐘都有相遇，在告別前抓緊一點，在相遇前變好一點。所以我喜歡現在聽的歌、現在看的書、現在做的事，還有最重要的現在陪伴的人。過去已經過去，未來還沒到來，當下最好。

但我知道的是，隨著成長，願意去向一個人吐露心聲越來越難，不像以前你逮到個人就把什麼都告訴他，恨不得讓全世界都知道。現在，我們都找不到那個願意傾訴的人，而我卻在跟你們說話。

這是一篇無比煩瑣的碎碎唸，這麼多年、這麼多天，謝謝你們一直都在聽我說話。

——寫在自己的生日。

1.12

▸▸　BGM：　五月天　*Happy.Birth.Day*

seven

/ 冬天冷，吃碗熱餃子 /

幾年前的冬至我在上海，包子跟我有著陰魂不散的緣分，他也在上海。我去考試，他去面試，兩個人都失敗而歸，半夜想吃宵夜，就打電話叫上芋頭。

芋頭那陣子也過得不好，剛失戀，失魂落魄。

我們三個的另一個共同點就是：那些年的冬天，我們從來不穿衛生褲。我是覺得穿衛生褲太累贅，包子因為太胖根本就不需要衛生褲這種東西，而芋頭是為了讓自己的腿看起來更細一些。但那天芋頭

無論你覺得黑夜是否過不去了，天終究還是會亮。閉著眼睛永遠是天黑，不學會面對永遠是天黑。路還長，天總會亮。要等你學會自己拉自己一把，心裡的冬天才會走。

穿著一件大衣外加短袖出現在我們面前的時候，我和包子還是由衷地感歎了一句：他娘的女人果然都不怕冷。

芋頭說：「哪能呢，只是相對於美來說，冷這種東西不值一提。」
我在心裡給芋頭默默地點了個讚。

或許也因為年輕，什麼都像是世界末日，一點小事都必須搞得轟轟烈烈，做什麼都上頭。三個人吃完宵夜喝完酒，硬是頂著寒風去了外灘……去吹風。

心情不好去吹風可以理解，天氣這麼冷還去吹風，只有我們這三個笨蛋會這麼幹。

關鍵問題是：我們是三個不穿羽絨服不穿秋褲的笨蛋。

而那時是凌晨兩點。

芋頭那天顯得特別興奮，一路小跑，到了外灘邊的欄杆前，對著黃浦江一頓亂喊。

至今我都不知道芋頭喊的是什麼，只記得江風太大，把她吹得披頭散髮。我和芋頭認識這麼多年，關於她的回憶有很多，可印象最深的是那時候她的背影。

許久以後我才明白，那時候她的開心是迴光返照，她的興奮是為了防止想念。

冬天最難的就是停止想念。有些故事是你的秘密，絕口不提也沒關係。有些名字是你的咒語，每聽一次就心顫一遍。那些沒人知曉的想念，都埋在深夜的漆黑裡。而那些漆黑的夜裡，有些人在你心裡倔強地亮著，只剩你和回憶共眠。

芋頭更慘，她和回憶一起醒著。

那年頭還沒流行iPhone，不像現在，所有的手機響起的鈴聲都一樣。

那時我和包子都很喜歡〈溫柔〉這首歌，正好有人打電話給他，〈溫柔〉的前奏一下就響了起來。

我說：「你他媽的以後設鈴聲能設點歡快的歌嗎？」

包子說：「〈溫柔〉這首歌哪裡不歡快了？！」

我說：「我靠，這首歌哪裡歡快了？你快告訴我！」

由於這首歌響得十分不合時宜，芋頭輕聲哼起了這首歌，然後有一刻鐘再也沒說話。

看著一個人從癲狂狀態一下進入了矯情狀態，我和包子兩個人都慌得慌，不知道下一刻會發生什麼，像是暴風雨前的寧靜。

芋頭突然開口問：「你知道我最喜歡這裡面的哪句歌詞嗎？」

我說：「肯定是『不打擾是我的溫柔』唄。我跟妳說啊，芋頭，妳別多想，什麼打擾不打擾的，就是一個人的情緒在作怪。妳就是打個電話過去，他也壓根兒不會想那麼多──」

芋頭打斷我：「我最喜歡的是『如果冷該怎麼度過』。」

我準備好安慰她的詞一下子都沒了，半晌憋出一句：「還能怎麼過，就這麼過唄。」

這句我臨時想出的話，變成了我在冬天時常想起的一句話。

冬天很冷，你的心或許比氣溫更冷。你不知道冬天應該怎麼過，你

覺得冬天要過不去了，你想冬天怎麼他媽的這麼長。

但能怎麼辦，就這麼過吧。

喝完這杯酒，翻過這一頁，往後你還有很多頁要寫。

我害怕的不是冬天過不去，而是你心裡的冬天過不去。就算天氣已經開始放晴了，你的心裡還是冬天；就算白天已經開始變長了，你的心裡還是黑夜。

花時間等一個人不可怕，可怕的是你用辜負自己成全了別人的自私。

冬天很冷，就多穿件衣服；心裡很冷，就做喜歡的事情。怕黑了就開燈，心塞了就去跑步，矯情了就去吃，難過了就拉開窗簾，總有天亮的時候。

冬至快樂，不快樂就去做喜歡的事，沒什麼大不了。

全世界都在等，或許等一個機會，或許等一個人，誰都不知道自己會不會等到。那就在等待的時候一路向前走，即便等不到想要的，也別辜負了自己。

▸▸　BGM:　Nujabes　*Aruarian Dance*

eight   / 熱戀時我們都是段子手，
           失戀時我們都是矯情狗 /

1

小雲分手的時候，把我們都拉出來，一邊狼吞虎嚥，一邊控訴：
「我靠，老娘花了整個大學跟他在一起，怎麼說分就分了。」
我說：「小雲，妳別張口閉口就『老娘』，這跟妳的氣質不符。」
小雲白我一眼，硬是讓我把接下來想說的話吞了回去。

「老娘為他做早餐，老娘為他洗衣服，老娘他媽的還給那傻×織過
毛衣。」
「老娘陪他去網咖，什麼都不玩就在那邊陪他，我還熬夜陪他玩。」

因為沒有課業，連魚缸裡的魚都顯得那麼可愛；因為在你身旁，連街邊的樹都像在談戀愛；因為你在身邊，連空氣的味道都是甜的。因為有了瑣事，連藍色的天空都像是烏雲密佈；因為你轉身離開，連街邊的樹都像在嘲笑我；因為失去聯繫，連空氣的味道都是苦的。

「……」
接著她就罵不下去了。

再然後她就點了一堆雞尾酒，自顧自地喝起來，邊喝邊逐一敬酒，我們哪見過平日內向的小雲這個架勢，一個個都乖乖拿起酒對小雲說：「今天妳是大姐，我們都乾了，妳隨意！」
但小雲每次都是一飲而盡。

我不知道這樣的陣勢持續了多久，在我看來像是經過了一個世紀。

直到小雲突然停了下來，拍著桌子對著酒吧前彈鋼琴助興的帥哥大喊：「你他媽的彈的都是什麼，難聽得我都想哭！我沒騙你，你看著啊，你看著啊，我這就哭給你看！」

我們剛給小哥賠完罪，就聽到小雲痛哭流涕的聲音。

2

大嘴是我的高中同學，上次我去上海他也來聽我演講。這傢伙作為一個男人，居然留起了辮子。但這不是重點，重點是這傢伙的辮子居然紮在頭頂。我和包子吐槽了他不下二十遍，可他依舊不為所動。

聚會就要喝酒，喝酒就要去酒吧。那天我們去了靜吧（*即聽音樂的酒吧，有別於跳舞的鬧吧），有個酒叫「弄死你」。大嘴毫不猶豫點了五瓶，說是想看看這酒到底能不能弄死他。本來我們幾個酒量都不算小，我也沒多想，就給自己和包子也各點了三瓶。

光喝酒實在無聊，我就提議玩遊戲。作為一個從小到大的理科男，大嘴唰的一下從包裡拿出撲克牌，一臉嚴肅地說：「我給你們推薦一個刺激與智慧並存的遊戲。」
我和包子被他的表情吸引，滿懷期待地等待他介紹這個遊戲。
這傢伙唰唰唰唰在桌上擺好了四張牌，我和包子繼續滿懷期待地看

著他。

突然他一拍桌子：「4×3＋2×6！哈哈哈哈，你們輸了！」

我們這才反應過來這傢伙居然玩的是24點！這他娘的也太欺負包子
了！

不過大嘴從頭到尾就贏了這一局，喝著喝著酒沒了，他順勢就喝完
了我和包子的酒。

他說：「我喝了十一瓶『弄死你』，我還是活得好好的，哈哈哈哈
哈，我要打給我前任，告訴她，十一瓶『弄死你』都弄不死我！」

我和包子對看一眼，從對方的眼神中都讀出了「這人是神經病吧」
的信號，但我們都沒有勸他。

我們吞了一口唾沫，等待著狂風暴雨的到來。

只是電話一撥通，大嘴的聲音突然溫柔起來。整個對話過程平平淡
淡，他也沒提今天輸慘的事，只是說著：「我和朋友在外頭。」

他問：「妳過得怎麼樣？」

他說：「那就好。」

他回：「我過得特別好。」

沒到一分鐘，兩個人的對話就此結束。

掛了電話的大嘴說：「其實我過得一點都不好，哈哈哈哈哈哈……

啊……我操！

還沒笑完，他就滾到了桌子底下。

3

胡幽幽是我的朋友中最正常的一個，不哭不鬧不自尋死路，只是常常去追演唱會。

之前的演唱會，她都是和前任一起看。

今年的演唱會，她卻是孤身一人。

她說自己有時還是會打電話把自己想聽的歌和對方分享，可最近終於忍住了。

她說自己有時無比羨慕那些在看演唱會時可以隨時打給對方的人。

當你想念一個人時，能夠隨時去打擾，而他也會給你回應，這本身其實是一件很幸福的事。我想有很多人想念一個人時，都不知道怎麼去聯繫吧。怕是打擾，所以才有不打擾是我的溫柔，儘管這溫柔只有你自己才知道。

總有些人會這樣，遇到一個人滿心歡喜，以為遇到命中註定，卻又擦肩而過。

總有些事會這樣，你有著千千萬萬的你以為，可結局偏偏給你一個

不可能。

剛開始時無話不談，到後來無話可說，兩人面對面卻像隔著千山萬水。

多少人說要忘記，卻又一遍遍地聽一起聽過的歌、看一起看過的電影、去一起去過的地方。多少人說了再見，揮別了那個人，轉頭又把自己困在回憶裡。口口聲聲說要忘記，在心裡卻從未捨得。

告別時都愛強裝灑脫，告別後都在強忍想念，躲得了對酒當歌的夜，躲不了四下無人的街。

熱戀時我們都是段子手，嬉笑怒罵互相吐槽；失戀時我們都變矯情狗，被回憶戳得渾身疼。

失戀有千萬種，每個人都在等。

等的不是誰誰誰回頭，等的都是自己和回憶和解的那天。

▶▶　BGM：　五月天〈志明與春嬌〉

nine

/ 青春不怕歲月長 /

最窮的時候，和老唐、老林三個人擠一張床。三人晚上想喝酒，東
湊西湊只湊夠了買一瓶啤酒的錢。於是三個人你一口我一口，一起
輪著喝啤酒。那時候《大話西遊》很火，但還沒有現在這麼火，
老唐有一張藏了很久的盜版碟，我們就拿出電腦三個人湊在一起看
《大話西遊》。

看到紫霞仙子被牛魔王刺中的一瞬間卡碟了，我和老林異口同聲說
出一句電影中孫悟空的臺詞：「臥槽（＊我操諧音）。」好在還是有
驚無險地看到了最後，看到轉世後至尊寶對變成孫悟空的至尊寶說

有些時刻，我們都不知道自己能去哪裡。世界明明如此之大，卻沒有你的容身之處。我們掙扎，我們迷茫，但我們都還沒有到絕望的時候。就走下去吧，保持掙扎，保持尋找。結果無非兩個，再也沒有氣力去掙扎，或者是找到了一條屬於你的路。青春不怕歲月長，在死心前，再努力一次。不管你會去哪裡，願你不忘初心。

了一句：「欸，那個人好像隻狗。」

我們一直嘻嘻哈哈地看到了最後，看到這裡卻誰也不再說話。打破沉默的是老唐，老唐拿起啤酒說了句：「哈，我們其實也好像隻狗。」

他是用自嘲的語氣說的，我們卻誰也笑不出來。

那是2009年的冬天，我們誰都沒習慣漂泊。

那是2009年的夜晚，老唐的房子還有兩天到期。

如果房子沒法續簽，我們就得露宿街頭，那時的我們已經嚴肅地準

備好了三個睡袋。

我知道，你也曾經想變成某個人的蓋世英雄，可你最終還是沒有成為英雄。

你也有想要實現的夢想，所以你離開家鄉，直到某一天回頭看，發現物非人在，而你也不再是當初的自己。

很多人都說，既然如此你為什麼不回家，或許只有漂泊的人懂：從你離開家的一瞬間，你就再也沒法像當初一樣了。

或許你回頭看，也會這麼嘲笑自己：「欸，那個人，好像隻狗。」

站在陌生的城市街頭，你發現你找不到落腳點。

就像那時的我們，覺得世界之大，卻沒有容身之處。

如今我晃過很多個冬天，去了很多個城市，由衷地喜歡墨爾本。

或許你和我一樣，在剛來這個城市的時候發現一切和自己想像的不同，可待的時間久了，也有了類似故鄉的感情。

哪條街道你每天都走，哪個小吃你每天都吃，你都一清二楚。

我即將告別墨爾本，或許這是一個讓很多人羨慕的城市，可我在不久前覺得這個地方給不了我想要的東西，一切和我想像的不一樣。

漂泊的人總是如此，有人羨慕你所在的城市，卻沒人知道你背後的艱辛。

只是在我即將告別的時候，我莫名地捨不得。

選擇到這裡，不管是好是壞，我的青春都留在了這裡。

還有半年要離開，我想許久後我回頭看，我會忘記這裡多無聊，這裡的日子多難熬，只會記得這個城市給我帶來的一切。

我知道你也在某個地方漂泊著，也曾問過自己當初為什麼要離家那麼遠。

待的時間久了，儘管還是不同於故鄉，這個城市也已經變成你不可分割的一部分了。

寫這篇文的時候是冬天，我不知道讀到這裡的你在哪裡，而你那裡是什麼季節。

或許你在一個想要留在的城市，或許你還沒有找到歸屬感。冬天很冷，而你或許也沒有暖氣。但冬天過後總有春天，春天過後還有冬天，你能做的只是習慣過冬天，等到春天的時候用力享受就行了。下次冬天再來的時候，你也不再害怕了。

如今我習慣了每天東奔西走，昨天還在哈爾濱，今天就到了北京，明天要跑去上海，每天只睡幾小時。我卻沒有覺得很累，我學會怎麼和自己相處了。

今天是感恩節，我遇見了很多很可愛的讀者，我知道自己不是孤身

一人。即便城市再大，你再形單影隻，你也不是唯一在這座大城市裡漂泊的人。

雖然你永遠不知道一同和你漂泊的人會是誰，但你有著同類。

留在哪裡，是你自己的選擇。

留在哪裡，是因為你的青春在這裡。

即使要告別這座城市，這座城市也會變成你的一部分。

不管你在這座城市裡經歷了不順利的感情，還是你愛的人已經離開了這座城市，你都會對它有著特殊的感情。

或許你即將去往一個新的城市，或許你還在掙扎著尋找歸屬感。

我不能告訴你，你的未來一定會很好，因為那是不能確定的事情。

我能告訴你的，只是我們都一樣，不要怕。

所有漂泊的人，所有，他們選擇漂泊，只是為了某一天能夠不再漂泊，扎下根來，可以用自己的力量保護身邊的人、保護想保護的人。

我們就像沒有陽光的種子，陽光被比你更高更強的植物擋住，但我們總得保持成長，吸收養分。

等到陽光找到你的那天，發芽就行了。

寫下這些時是感恩節，卻不是只有今天才去感恩。

或許你依舊嚮往別處，但也別忘了此時此地的風景。

如果覺得累，至少還有人在這裡，至少我還在這裡。

我寫的這些，不是因為我只看到我自己，而是我看到了所有在書本另外一邊的你。

竭盡全力是因為心有偏執，向前走吧，青春不怕歲月長。

有時離別是為了更好的相聚，別怕。

▸▸　BGM:　李榮浩〈模特〉

ten

/ 願賭服輸 /

他們聽不到你的聲音，你卻願意為了他們，願賭服輸。

我的一眾小夥伴裡，只有小裴是北方姑娘。都說大連出美女，這話放在小裴身上基本靠譜。姑娘是個大高個兒，做事風風火火卻不愛說話，平時聚會一小時她也不會說上幾句話。當然凡事總有例外，比如她喝醉時，比如她喜歡上老梁時。

2011年的光棍節，小裴和我們在武漢聚會。
我們選擇武漢的理由有且只有一個：武漢特別美……好吧，其實是

有些故事從一開始，就走向了同一種結局。很多事情都沒有原因，說不上為什麼，就像天是藍的、樹是綠的，就像有些思念都寫在夏夜晚風裡，就像你突然很想吃糖醋排骨，就像你愛上一個人。你跌跌撞撞、懵懵懂懂，自己都覺得自己是神經病，但沒辦法。

周黑鴨。

在這個特殊的節日裡，我們幾個買了櫃檯上剩的所有周黑鴨，拎著一箱啤酒就往大頭家跑。

那天晚上我吃了三盒周黑鴨，撐倒在大頭的床頭；那天晚上老陳丟了自己的手機，哭暈在大頭家的廁所；那天晚上大頭喝了三瓶啤酒，醉躺在客廳的地毯上；那天晚上婷婷到了十二點犯睏，睡死在沙發上；那天晚上小裴第一次見到了老梁。

我不知道在這麼一個場景裡，小裴是如何對老梁一見鍾情的。只記得那天我見到了一個從未見過的小裴：小裴和老梁從我們剛見面的那刻開始聊天，直到第二天我睡醒，他倆還在客廳聊著。

老梁第二天有事就先走了，小裴又切回了一小時說不上三句話的沉默模式。

直到我們要走，老梁都沒有再出現。要走的前一晚，我吃了三天來的第十盒周黑鴨，撐倒在沙發上。偏偏這時候小裴拿著一瓶啤酒走過來要和我乾掉，我心想面對一姑娘怎麼能示弱，接過啤酒就往嘴裡灌。

灌到一半感覺不行，這樣下去我的胃要爆炸了，趕緊停下來對小裴說，先等等。

小裴不管我，喝完一瓶接著又開了第二瓶，喝完眉毛一挑，說：「哈哈哈，你輸了。」

我頓時一驚，心想，天啊，小裴居然會用「哈哈哈」這個詞。

我說：「小裴，妳今天不對勁，請把那個不會說『哈哈哈』的高冷小裴還給我。」

小裴沒接話，問我：「你說今天他會不會來找我們？」

我問：「誰？」

小裴說：「還能有誰。」

小裴大概是那時候發現自己喜歡老梁的，但我們都沒當一回事。畢竟兩人就見了一面，平時也沒什麼交集，估摸著過幾天她就能把好感扔掉。

小裴聽我們都這麼說，立馬拍案而起：「我是認真的，我從來沒有和一個人這麼能聊，真的，我在他面前就會有說不完的話。」

老陳是我們中第一個認真起來的人，他從地毯上坐起來：「能找到一個妳願意傾訴的對象，這很難得啊！」

我接茬兒：「可不是，有時候你想著來個人跟我說說話吧，只是聊聊天就行。可真的有人來了，你又覺得尼瑪還是讓我一個人待著吧。」

小裴說：「可不是。」

那天晚上，她說了半個晚上的話，直到我們都犯睏了也沒有停下來。

那時我明白了一個道理，就是根本沒有所謂的高冷。在你面前沉默寡言的人，在另一個人面前說不定會變成話癆。大多數人都可以在高冷和逗逼中隨時切換毫不費力，區別在於你面對的人是誰，比如小裴面對老梁。

還有一種是無法掩飾的，那就是吃貨永遠是個吃貨，比如我在聽小裴說這些時，吃完了最後一盒周黑鴨。

故事剛開始，卻沒有向著小裴想要的方向發展。

小裴回大連後，一直在用各種方式表白，比如她每天都對老梁說早安和晚安；比如她把所有的話都寫在了信紙上，折成了心形寄給他。

再比如在某天早上，她突然從大連來了上海。
然後在半夜她發了個朋友圈：「我今天見到他了，真開心。」

第二天，她把正在上海做活動的我叫到外灘。耶誕節前後上海的寒風冷得刺骨，我把自己裹成了球，小裴卻只穿著兩件衣服。不用說，一定是覺得自己穿著好看；不用猜，她一定是想等老梁。

小裴說：「本來我們今天約好要再見面的。」
我問：「那妳等到了嗎？」
小裴搖搖頭，說：「沒等到。」

我接著問：「那妳打算怎麼辦？」
小裴說：「我打算再試試。」
我說：「難道老梁的態度還不夠明顯嗎？要這樣他也太──」
小裴打斷我說：「他說過我們不可能，我也知道我們之間沒可能，可我就是想對他好，然後讓他知道我是對他最好的人，我不甘心放

棄一個這麼聊得來的人。」

小裴說：「我不想放棄，讓我再試試，讓我再等等。」
我沒再說話，我知道我沒法勸也沒法說。
再等等再試試，我知道她不撞南牆撞得頭破血流，她就不會放棄。

後來兩人之間的交集就和我們預想的一樣越來越少，為數不多的交集都是小裴一個人創造的。兩人一直都有一搭沒一搭地聊天，到後來小裴終於不再發早安和晚安了，也不再跟老梁分享自己喜歡的歌了。

去哪裡、遇見誰、愛上誰、和誰變成知己，這種事情需要緣分。遇見之後、相處之後卻慢慢失去聯繫，這時候的緣分大概就是看有心不有心了。

2014年光棍節前夜，小裴說：「我想最後最後再試一次。」
小裴約老梁見面，老梁說了句「對不起」。
小裴最後也沒有等到老梁。

後來小裴單身至今。
偶爾，小裴還會在朋友圈分享一些歌，都是她曾經發給老梁的。

我記得有幾次半夜她會找我聊天，說不了幾句又沉默了，說的都是關於老梁的話題。

明明就沒有在一起，可小裴還是放不下。

我想小裴比誰都清楚，所以不管我們怎麼說她也不反駁；我想也正是因為她什麼都知道，所以不管我們怎麼說她也不想放棄。

哪怕是死路，也要走。

撞得鼻青臉腫才好，不然總覺得不甘心；看到是死路才願意轉彎，不然總覺得前頭有希望。

有些故事從一開始，就走向了同一種結局。

很多事情都沒有原因，說不上為什麼，就像天是藍的、樹是綠的，就像有些思念都寫在夏夜晚風裡，就像你突然很想吃糖醋排骨，就像你愛上一個人。你跌跌撞撞、懵懵懂懂，自己都覺得自己是神經病，但沒辦法。

他們聽不到你的聲音，你卻願意為了他們，願賭服輸。

▶▶　BGM：　雷光夏〈第36個故事〉

eleven   / 不用客氣 /

杭州演唱會時認識了一個姑娘，她坐我旁邊。

沒多久天下大雨，我沒帶傘，姑娘就和我撐著一把傘，但大風大雨的一把傘根本不夠兩個人撐。

我過意不去，就示意說自己不用撐，淋雨對男生來講沒什麼。

姑娘執意要給我撐，說是我不撐她也不撐了。

後來雨停了，姑娘渾身濕透。

演唱會結束後我請她吃宵夜，說怎麼著都得請頓飯。

和我一起的是三個基友，和她一起的還有兩個女生。

每個人都會遇到這麼一個人，他只是經過你的身旁。他不會到你的生活裡，卻無意中給了你些許力量。他是平淡無奇的人，還是一個遙遠的偶像，這都無所謂。後來他消失了，你們之間再無聯繫，或許你們之間從來沒有什麼聯繫。從相遇到告別，都是你一個人的事。奇妙的是或許對於另一個人來說，你也是這樣的存在。

吃完飯兩撥人基本聊熟了，有個女生指著我說：「你特別像一個人。」

我正盯著羊肉串，心想，難道我像金城武的事情暴露了？

基友插話：「我知道，一定是像趙本山。」

那女生接著說：「你特別像她的前男友。」

我察覺來者不善，一頓埋頭苦吃，這個話題也就被我們這麼糊弄過去了。

第二天我們要走，姑娘也在虹橋，我比她早出發一小時。

我們一起買了個早餐，我們都沒說話，臨走前互留了電話。

回家以後特忙，我很快就把這回事忘了，很久以來我們也沒有聯繫。

大概一年後我接到她的電話，看著名字一時間都想不起來是誰了。

姑娘一聽到我的聲音就情緒失控了，說今天我來看演唱會了，上次看演唱會看到有人特像你，我一瞬間都以為你來了。

我剛開始還想解釋，後來才明白她以為自己撥的是另一個號碼。

演唱會結束後她給我來電話，說：「對不起，我剛才情緒失控了。」

我說：「沒關係，正好讓我聽完了一首歌。」

她說：「謝謝你。」

我問：「謝什麼，我什麼都沒做。」

姑娘說：「謝謝你沒有掛電話。」

我們就開始有一搭沒一搭地聊天。

那時是我的假期，我也會常回覆，才知道她在杭州演唱會時剛和男友分手，打前任電話時他一直不接，後來直接關機。

再後來有一天她說：「謝謝你，我覺得我現在醒了。」

我說：「那就好。」

然後我們就再也沒有聯繫。

我一直都忘了這個插曲，直到後來聽姜婷說她以前的故事。

姜婷從高中就喜歡老林，但老林在好幾年裡一直都不知道姜婷的存在。
姜婷是老林的初中學妹，高一時姜婷上的高中和老林所在的高中恰好是對門，兩人的學校只隔了一條街。

姜婷每天放學第一時間就往校門外跑，就為了遠遠地看老林一眼。放學時人潮湧動，能把那條街擠得水泄不通。姜婷每天都拚命地往前擠，她也不知道為什麼總能在人群裡一眼就看到老林，而老林對這一切都一無所知。

暗戀的人都具備了一種能在人群中一眼看到對方的超能力，卻都缺了另一種讓對方一眼就看到自己的超能力。

暗戀暗戀著到了高三，這期間姜婷不止一次想表白，可她連和老林先做朋友的勇氣都沒有，永遠是這麼遠遠地望著。她有個閨密和老林是同班，她就透過閨密瞭解老林平日裡的消息，而她讓閨密誓死不要把她喜歡老林的這個秘密告訴他。

當知道老林要考去南大時，她對自己發誓總有一天她也要去南京。

等到她變得足夠優秀時，她一定要站在老林面前說：「老娘從初中就喜歡你，現在終於能告訴你了。」

後來姜婷真的考上了南大，老林卻在大二時出了國。

姜婷說：「自己從那天起走路就不再東張西望了，因為我知道這個城市沒有他。」

姜婷是在她生日時講起這個故事的，我們都問：「然後怎麼樣了？」

姜婷說：「然後就沒有然後了，只是如果沒有這個人，或許我不會上南大，或許我就不會認識你們。」

後來姜婷真的變得足夠優秀，可她已經把老林放下了。

她說反正這都是她自己一個人的故事，或許他從一開始就沒必要知道。

「那麼，還是應該感謝相遇吧。」

她是這麼把她的故事收的尾。

其實這兩個故事之間毫無聯繫，只是讓我想到了每個人都會遇到這樣一個過路人。他只是經過你的身旁，你知道他不會走到你的生活裡，卻在無意中給了你些許力量。

他是一個平淡無奇的人，還是一個遙遠的偶像，這都無所謂了。

後來他消失在你的生命裡，你們之間再無聯繫，或許你們之間從來
就沒有什麼聯繫。
他就是這麼經過，然後消失。
或許對於另一個人來說，你也是這樣的存在。

在需要力量的日子裡，有個人出現，那麼謝謝你。
儘管你聽不到，儘管不知道未來的你會去哪裡，都感謝曾經遇見
你。

如果我恰好路過你身旁，給了你一些力量，那麼也不需要客氣。
有些人相遇，就是為了告別。
往後的日子裡，我們都不要辜負自己。

▶▶　BGM:　Timbaland　*If We Ever Meet Again*

twelve

/ 久處之後依然心動 /

前陣子老陳和大丁結婚一周年，我心想，好基友結婚紀念日我一定得送點什麼。可我人又不在南京，怎麼也趕不回去和他們見一面。思索良久，我決定建個微信群給他們唱首歌⋯⋯

但我沒有音準，應該走的調我用跑的，於是本該五分鐘的歌，我花三分鐘就唱完了。老陳和大丁在一小時內沒有給我任何回應，我就默認為沒有發送出去，又唱了一遍。又是死寂一般沉默的十分鐘，我默默地打了一行字：「看來你們還是沒有收到，我只好再唱一遍了。」

人的精力都有限，真的就可能只能把心思給那麼幾個人。相遇容易相識也不難，難的是維持。剛開始可能都相見恨晚，到後來可能只是偶爾聯繫。喜歡是乍見之歡，愛是久處不厭。

這回老陳秒回：「千萬別！」

我說：「哈哈哈，還想裝沉默，分分鐘把你給炸出來。」

老陳說：「我發誓我聽了半小時才聽出來你唱的是什麼，哈哈哈哈哈哈哈，原來你唱的是〈七里香〉。」

我說：「這是我要給你們的結婚周年禮物，不用謝。」

老陳十分激動：「我們之間的友誼呢！鬼才要聽你這種五音不全的歌！說好的紅包呢！紅包呢！紅包呢！」

我也十分激動：「我沒給你們唱〈分手快樂〉還要怎樣，再說你問

我要紅包，為什麼不先給我一個紅包呢！」

大丁突然出現：「哈哈哈，你有本事要紅包，你有本事結婚啊！」

我思考再三，回了三個點⋯⋯

永遠不要嘗試和一對夫妻鬥嘴，不管他們平時是否總拌嘴，但凡在這種時刻，他們一定會站在統一戰線上吐槽你，然後把你贏得體無完膚。

兩人都是我的高中同學，但我和大丁畢業之後有將近四年沒怎麼聯繫，老陳則和我熟絡得多。所以在之前寫他們的故事時，我都是站在老陳的角度上，我知道老陳暗戀了大丁好幾年，我也知道老陳一直在為了大丁變好，但老陳一直也沒有說清楚他到底是怎麼一步步追到大丁的。

因為老陳的原話如下：「我這麼英明神武帥氣逼人，大丁怎麼可能不答應我呢，不然就是她的損失了，對不對？」

我當時千萬匹草泥馬從心頭奔過，說：「那你還自卑了那麼多年，打死不敢對大丁說你喜歡她？」

於是這個話題再也沒有在我們之間出現過。

眨眼他倆都已經結婚一年了，大丁正好也在，我覺得這個未解之謎

是時候解開了，就問起大丁。

大丁說起她大一之後就是單身，本來好好的一個人過了好幾年，突然冒出來一個人把自己的生活全部展現在面前，讓她覺得又溫暖又不知所措。

我說：「老陳可不是突然，他從2006年就喜歡妳了，他這叫蓄謀已久。」

大丁說：「我這不是不知道嘛，總之幾年後他突然又出現在我生命裡時，我覺得世界還真是挺奇妙的，但那時候更多的還是不知道是不是該接受一個人走進自己的生活裡。」

大丁說自己和老陳一開始並不是很合拍，兩人的愛好就很不同，畢業之後的人生軌跡也很不一樣。但老陳一直都在她身邊陪著她，後來兩人就順其自然地在一起了。

我說：「大丁，妳這個順其自然包羅萬象，說了跟沒說一樣啊。」

大丁說：「就是順其自然在一起了，沒什麼特別的表白，就覺得應該和眼前的這個人在一起。當然硬要說的話，那肯定是老陳追的我。」

本來想聽一個故事，卻沒有聽到他們的故事。

我想說的，我想寫的是大丁接下來說的一段話。

我問：「那妳為什麼覺得應該和他在一起？」

大丁說：「我以前覺得我嫁的人一定要很厲害，要會很多我不會的東西。老陳和那些一點都不沾邊，但我和他在一起的時候明白了一件事，就是兩個人在一起，總會有摩擦。你剛開始可能看到的都是他的優點，等到後面發現他的缺點時就接受不了了。最後會和我們在一起的人，一定不是完美的，但我們也一定接受了他們的不完美。沒有人只有優點，他總有一個地方能噁心到你。戀愛不就是互相適應，然後發現彼此的缺點，比較之後對方還讓你心動嗎？」

我盯著大丁，說：「大丁，我第一次聽妳講這麼多，我的雞皮疙瘩掉了一地，妳這樣是在引起單身狗的公憤，妳知道嗎？」

大丁說：「哈哈，那這些話你一定要寫下來，我自己都嚇了一跳，我居然能說出這麼一長串道理來，我覺得這是我最有哲理的一次。」

轉過頭我把我和大丁的對話對老陳說，滿以為老陳會回「陪伴是最長情的告白啊，少年」之類的，可老陳說：「不不不，這些都不是重點，重點一定是因為我！長！得！帥！」

我說：「去你大爺的，大丁真的是瞎了眼。」

我們常在開始時保護自己，於是嚇跑了很多人。

好不容易有人留了下來，又因為看到了自己的另一面離開了你。

我們常說，誰和誰是天生的一對，誰和誰是完美的一對。

其實不是，留下的不過是那些看到你全部也依然對你心動的人。

這世上所有的久處不厭，都是因為用心。

▶▶　BGM:　周杰倫〈愛的飛行日記〉

thirteen   / 幸福剛好夠用 /

寫了很多別人的故事，這次就來寫寫我這幾年的故事吧。

2010年花了一整年寫了一本書，叫《想太多》。不覺得這本書會怎麼大賣，也不覺得這本書能賺什麼錢，只是覺得可以把很多自己的想法和情緒變成文字印在紙上，是一件很幸福的事。

那時給所有的好朋友都發了簡訊，一半是自豪，將來可以説自己也寫過一本書；一半是焦慮，怕這本書會沒有人喜歡。
最後的結果讓我哭笑不得。

走路都快睡著了，有時候想想奮鬥的日子也該到頭了，可生活總是準備了一個又一個關卡。你拚命過了這個關卡，卻發現前方還有更多的坎。實現某個目標後就能一勞永逸永遠不適合大多數人，在黑夜行走的人等到陽光後還是會面對黑夜。但你知道你還會咬咬牙，繼續往前走。不懼怕黑夜，是因為心裡有光。

很多作者的首印量可以動輒十幾萬，而我這本書當年的首印量是：兩千。

關鍵問題不在於首印量，而在於那時的出版社只是草草地把我的書放在了我家鄉的新華書店裡，就此沒有管過這本書。沒有擺上網站，沒有去別的書店鋪貨，沒有幫忙宣傳，什麼都沒有。

於是我很頭疼地從印刷廠裡拿回了好幾十捆《想太多》，把我家的舊車庫清空，把這些書都放在了車庫裡，根本不知道應該怎麼辦。

之後很長一段時間裡，那一千多本書都堆在我家的車庫裡。

沒人知曉，沒人看到。

唯一知道所有故事的人是包子，他問我：「這麼多書你準備把它們
怎麼辦？」

我只能很誠實地搖頭：「我也不知道。」

包子說：「這些都是你這麼多年拚命寫出來的，老子不管出版社怎
麼想，也不管別人看不看好你，這些書你交給我，我想辦法。」

我問他：「什麼辦法？」

包子說：「這樣吧，你先給我五百本，我把這些先送給客戶。」

然後他很義氣地幫我解決了五百本。

直到前年包子才告訴我，他去北京的時候，在路邊擺了很久的地
攤。

他只賣出去了五十本，剩下的四百五十本都被他硬塞給朋友了。

其實我早該反應過來的，那些年他在北京接連換了好幾個工作，哪
兒來的那麼多客戶！

還沒等我把庫存的書都解決，我就回了坎培拉。

回到坎培拉不久，我媽和我視頻對話時，一臉興奮地說：「兒子，
我幫你解決了五十本書！」

我問：「妳是怎麼解決的？」

我媽沒回答，只是說：「這種事情你不用擔心，你的書媽還沒看完，但我覺得我兒子很棒。」

關了視頻之後，這麼多年來我第一次哭。

原本以為我什麼都不害怕，原來我一直害怕我愛的人和愛我的人為我擔心。

有時候人就是這麼奇怪，受了天大的委屈都不會吭聲，聽到一句安慰的話，所有防線都能瞬間崩潰。

那天晚上我找包子聊天，包子說：「先不管你的這些書，你接下來準備怎麼辦？」

我說：「我仔細想了想，我千辛萬苦才找到自己想做的事情，真的不能就這麼放棄。不能，不能怕，我不能對不起越發寶貴的時間，如果不去嘗試就永遠不知道結果，沒時間站在原地永遠疑惑有沒有結果。」

「所以我要接著寫。」

包子那陣子很窮，渾身上下只有兩百塊。這貨自尊心又強，我和老陳借他錢他都不肯要，說是要靠自己度過難關，否則對不起當初來北京時下的決心。那些日子裡，我們無數次覺得包子要垮，誰都不

知道他能不能堅持下去。

他說：「盧思浩，我本來覺得只有我不靠譜，沒想到你他丫的也不靠譜，哈哈，也好，將來真的窮困潦倒了，也能有個伴。」

我說：「不不不，我這個人還是很靠譜的。」

明明可以換種活法，說不定活得更自在，但我們偏不選。

世界愛和你開玩笑，你走著走著，發現自己跑偏了，到頭來自己都不認識自己；你走著走著，遇到一堵牆，你拚命翻過牆，發現牆後面是懸崖，你留下一句「靠」，然後摔得鼻青臉腫。你翻山越嶺，你跋山涉水，再辛苦都沒關係，只要能到你想去的地方。可大多數時候，我們跋山涉水，翻山越嶺，卻發現前頭有著更高的山、更急的水。

最糟糕的是，你不知道還要翻過多少座山，才能到你想去的地方；你不知道眼前的這座山，是不是最後的那道坎。

有一天朋友問我，說，盧思浩，你怎麼不害怕折騰來折騰去沒結果呢？

我說我不是不害怕，而是我太笨拙，已經沒有多餘的力氣去憂慮結果。

我不知道我的未來會去到哪裡，但如果我停下來，我就哪裡都去不了。我不知道眼前的這座山是不是最後的坎，可我必須翻過去看看才知道。

我記得2012年那些等待的日子。

我交完了自己的稿子，原定2012年就該出現的新書，卻一直沒有成書。我在坎培拉守著三個小時的時差，每天等待著消息，可我沒等到。後來才知道我簽約的出版社那時正面臨分崩離析，沒人顧得上我。我就像一個小小的海浪被巨浪吞沒，悄無聲息；我就像站在摩天大廈下的人，周圍人來人往，沒人在意。

我討厭等，我害怕等，這種害怕一直伴隨著那時的我。我不怕結果壞，我怕沒結果。我能想像我的書稿被放在角落，慢慢成灰，而我沒有辦法挽救它。

我不知道自己能做什麼，只能積極地打探消息，只能讓自己平靜下來，每天開始瘋狂地看書。
只有在看書的時候我才覺得踏實，只有在奮鬥的時候我才能有一絲安全感。

2013年夏天，在等待中，《你要去相信，沒有到不了的明天》和大家見面，距離我交稿已過了一年多。而我人在墨爾本，沒有第一時間看到這本書出來。

所以這本書出來的時候，我竟然沒有什麼實感，彷彿這本書就該一直拖下去，直到某天我自己都淡忘了裡面的內容。

包子第一時間給我發了微信，一長串話比我還激動。直到這個時候我才意識到，這本書是真的出來了。

我突然想起第一次我把自己的想法變成文字的心情，這始終是一件幸福的事。

不管這中間的等待有多長。

如今時光一晃而過，我又去了很多地方，見了很多人。一個人越走越遠，時常把曾經的自己扔在後頭，但還是會及時地把曾經的自己撿回來。

低落時寫：「你只能被迫做選擇，被迫和很多東西告別，走在岔路上，你才能明白你必須和以前的自己告別。那些走廊，那些教室，那些雨天，你的故事越寫越厚，直到你再也找不到一個聽完你全部故事的人。」

後來走過了那麼長一段路，我才開始明白：我們的故事都越寫越厚，想念的故事放個書籤，至少你可以時常回頭看看那些讓你感動的時刻，並不一定需要誰來讀完。我們的道路都越走越長，幸運的是岔路口還有人陪伴著，彼此聊天吐槽也不會累，思念的心就可以翻山越嶺了。

能遇到一些願意幫助你的或者陪著你的人，真的挺難得的。所以更要努力，才能配得上一路上遇到的貴人和運氣。

所以直到現在，我還是會邊聽歌邊寫東西。
有些文是逗逼，有些文是故事，另一些則不知所云。

我不知道自己能寫到什麼時候，也不知道寫這些有什麼用。
只是常覺得我們太容易放大自己的苦，覺得自己孤身一人。未來會怎麼樣誰也不知道，或許好或許壞或許糟糕透頂，但在那些看似孤獨的路上，每個人都在奮力前行。

你並不孤單。

▸▸　BGM:　Maroon5　*Payphone*

fourteen　　　　　　　　/ 身後有人在等待 /

1

回家路上正等著車，突然收到朋友的微信，祝我中秋快樂，才突然想起今天是中秋節。

我從小不愛吃月餅，那時月餅的口味遠沒有現在五花八門，我所接觸到的都是蛋黃月餅。
那時我一直不明白，月餅裡面加個蛋黃有什麼好吃的。
但我媽最愛吃。

很多故事我都記不清，甚至有些我都不記得，但總有一些故事刻在我的腦海裡。小時候夏天時的籬笆，漫天星星，我和爸媽還有爺爺奶奶，總是把飯桌搬出家，在馬路邊吃飯。吃完飯小小的我就去搬西瓜，奶奶把西瓜切開，一家人就這麼邊吃西瓜邊和鄰居打招呼。現在我有了很多小時候不曾有過的東西，卻還是覺得那年的夏天，豐富多了。

長大以後不在家，中秋節也趕不回去。

一個人住得隨意，也想不到給自己過一個中秋節。

更想不到去買一個月餅。

昨天和朋友吐槽，國內的中秋節還放假，我們都只能在工作加熬夜中度過。

基友說，哈哈哈哈哈，只有你這貨要熬夜，哥早就完成任務了。

那時正值凌晨，兩個人坐在陽臺喝紅牛。

基友突然說，今天的月亮挺圓。

我說，我突然想吃個月餅，甭管它是不是五仁的。

在家的時候覺得中秋節沒什麼，在外頭了覺得中秋節挺重要。

獨在異鄉為異客，每逢佳節倍思親。

真離家了才能懂。

只是不知道我媽今年有沒有吃到她最愛的蛋黃月餅。

2

說起我的童年，作為一個吃貨滿腦子都是吃的。

街道上有糖葫蘆，有棉花糖，有烤肉串，有宵夜攤，還有愛吃的乾脆麵。

小時候愛吃的菜包括糖醋排骨、紅燒魚、骨頭湯、清蒸魚、番茄蛋花湯，還有我最愛的沙蝦。

無一例外都出自我奶奶的手。

每天我都嚷嚷著要吃這個吃那個，我奶奶都會一一滿足我。

有一天，我想吃蝦，但晚上我沒有在餐桌上看到我愛的沙蝦，就自顧自發脾氣。

任憑我奶奶哄我逗我，我就是以絕食表示抗議。

最後不知怎麼的火大起來，把碗一扣，一個人跑進房間怒鎖了房門。

那時候不記得奶奶的表情，現在回想起來卻能想起奶奶落寞的眼神。

那時候住在鄉下，我家前頭有座山，不遠的地方還有個池塘。
小時候最不缺的就是時間，我可以坐在門口看著螞蟻走來走去看一整天，也可以花一個下午的時間看著池塘裡的魚游來游去，試圖找到這些魚的章法。

因為貪玩，我小時候掉進過一次池塘。那時是冬天，池塘結了一層冰，我心想這下可以滑冰了，二話不說就往池塘裡跳。毫無意外，我沒滑成冰，滑成的是三天的高燒。
從此我媽禁止我去池塘，只有我奶奶會在我媽上班的時候偷偷把我放出去。

小的時候我也愛看書，夏天的時候就拿著毯子往地上一放，把所有的書攤成一圈。我就躺在毯子上，時不時打滾，時不時看書。
沒想到小學四年級我就看成了近視，爸媽急得到處帶我看醫生，可還是沒有看好我的眼睛。我媽後來就禁止我晚上看書，禁止我看電視。

那時候我愛看書，也愛看電視。不能看書對我來說是一種無法言說的折磨，這時候是我奶奶偷偷送了我一盞小檯燈，光源不大不小，

正好能照亮我的書桌而不會透過門縫。

我就這麼看完了一整套《灌籃高手》和《七龍珠》。

這就是我的小時候，平凡卻又樂在其中的小時候。

因為我不瞭解世界，所以每件事情都讓我欣喜；因為我身前有人遮風擋雨，所以無時無刻都充滿動力。

3

成長以後感動點變得越來越高，哪怕一部再煽情的電影都沒法讓我感動。

但我看不得有關親人的文字。

許久前看了一篇〈我和爺爺〉，後來有人扒那篇文章是假的，但依舊不妨礙我喜歡裡面的情感。

我仔細回想我從小到大和爺爺奶奶的故事，卻發現什麼都寫不出來。

不是什麼都沒有，而是不知道怎麼去表述那一件件充滿愛意卻又平常的小事。

我媽說我七歲時，她對我說我長大了可以自己出門去玩了。

我就在一個中午吃完飯偷偷跑出了門，我這貨從小就呆，出門連門都沒關。

那時候正值午休，我媽有事回家一趟，剛回家就發現我人不見了，急忙滿世界找我。

我媽說起這件事之前我對這件事毫無印象，她說完後我倒是想起來小時候好像有一次我媽急得直哭。

我卻記不清了。

我奶奶說我剛上幼兒園時，死命拉著她不讓她走。

幼兒園老師把我趕進教室，我刺溜一下就從門縫裡逃跑了，跑到學校的鐵門前直喊，我不要上學，我不要上學，上學又不能吃。

我奶奶好說歹說才把我送回教室。

她說起這件事時說當時心疼壞了，我一邊驚訝於我那麼小就知道學校不能吃了，一邊拚命回憶這件事情。

可記憶裡是一片模糊。

有時候不知道為什麼回憶起小時候是一片模糊，記得的又是一些很奇怪的事情。

4

我很少會說如果能重來就好了之類的話。

做錯了，跌倒了，沒什麼好說的，都是自己選擇的。

錯過的人，愛過的人，走過的路，都沒什麼，重來一次，我可能還是那樣。

只是偶爾還是很想回去把那些小事記清楚。

多吃幾頓好菜，以後你吃的次數會越來越少。

少發一點脾氣，以後你會發現自己多麼任性。

多陪家人一天，以後你會發現你有多愛他們。

這世上最拿我沒轍的就是我媽，雖然她常黑我吐槽我外加時不時嫌棄我，一黑一個準。偷看我微博又怕我反感，哪怕我過得很好她都怕我在受委屈。她就是這樣，你說的她都記著，你有點風吹草動她就會為你拚命。嫌棄都是假的，溺愛才是真的。

這世上最不會講話的就是我爸，雖然他常一針見血地說出我的所有想法，但他跟我的交流一直都很少，直到最近幾年我長大了，兩人反而可以心平氣和地說上很多話。他就是這樣，一邊對你說你要長大了，一邊又擔心你沒有長大。哪怕你過得再好，他也覺得你需要照顧。

這世上最孤單的其實是老人，他們的圈子越來越小，他們的想法越

來越少，他們想要瞭解你卻又跟不上時代。可他們還是拚命地為你學會了用手機打電話，用電腦看你的消息，你不知道他們背後學得有多辛苦。

所以，請你一定要過得好，過得非常好；請你一定要把自己照顧好，照顧得非常好。好到不讓家人操心，因為你是他們的安全感。

▶▶　BGM：　周杰倫〈梯田〉

fifteen

/ 一起欣賞這世界全部的漂亮 /

柳丁和小八是我朋友中另一對修成正果的情侶。

柳丁大三時認識小八，兩人都在英國。柳丁學的專業是三年制，那時他臨近畢業，小八剛入學。兩人在新生歡迎會上認識，柳丁對小八一見鍾情，但這傢伙居然忘了問小八要聯繫方式。

回家後柳丁後悔莫及，連夜給我發訊息說江湖救急！

我那時剛睡醒，睡眼惺忪打了個問號。

柳丁說，我今天去新生歡迎會打醬油（*意指路過），發現一姑娘是我喜歡的類型，但我沒有聯繫方式，你說我該怎麼辦！

這世界每天都有太多錯過的故事，卻也有新的相遇。上一秒或許還是路人甲，下一秒卻住進生命裡，沒什麼道理可言。當你覺得不能再相信時，生活總會給你小驚喜。如果可以，希望你會遇見這樣一個人，從錯過到相識，從相識到相愛。所有的磕磕絆絆，都是為了一起欣賞這世界全部的漂亮。

我說，那你總該知道她名字吧？

他沉默半晌，說不知道。

我無言以對，最後只好說，那你就死了這條心吧。

但柳丁並沒有死心，他知道小八和自己同專業，就查了自己大一時的課表。每天上午起個大早打扮得有模有樣，算準了時間去教室等她。

一個月後他說起這事，問我：「你說我怎麼就等不到她呢？」

我問：「你確定你查的課表沒問題？」

他説：「肯定沒問題啊，我都是按照我大一時的課表去的……」

然後他的聲音提高了八度：「你大爺的！我才想起來今年換課了！」

我又一次無言以對，忍住掀桌子的衝動説：「整整一個月，你都沒發現換課了？！」

柳丁説：「我每次上課時都在想怎麼和她開口説第一句話，哪管課上的是什麼！」

柳丁大學畢業後又繼續上了研究所，他説兩人就在一個學校，就不信遇不到她！

一年研究生過去，柳丁又臨近畢業，這回他經過深思熟慮準備回國發展。

畢業典禮那天，他最後一次去學校，心想這是最後的機會，就借著拍畢業照之名拉著基友滿校園轉悠。

皇天不負苦心人，他還真在學校的一個角落看到了小八。他二話沒説脱了碩士服就向著小八飛奔而去，但他又不知道小八的名字，只好邊跑邊喊：「同學！同學，妳等一下！」

那是他學生生涯以來回頭率最高的一天。

小八那天戴著耳機，沒聽到有人喊她。如果當時她回頭看，一定會被穿著T恤、戴著碩士帽又穿著皮鞋的柳丁一路飛奔的情景嚇到。

柳丁遠遠地看到小八去了車站，奔到車站時已經上氣不接下氣，眼睜睜地看著公車離開月臺。

晚上柳丁跟我說起這事。

他說，我這輩子都沒可能再見到那姑娘了。

我問，那你徹底死心了嗎？

柳丁說，嗯，我這麼倒楣的人沒那個運氣。

兩天後他徹底回國，去了北京，就此告別他生活了近五年的英國和那個讓他魂牽夢縈兩年卻不知道名字的姑娘。

2010年夏末，柳丁打電話給我，這傢伙總是不顧及時差吵醒我。

我迷迷糊糊接起電話，就聽到柳丁大喊了一句：「盧思浩，你猜我今天遇到誰了？」

我實在沒心思猜：「不猜，要麼你告訴我，要麼你就讓我去睡覺。」

柳丁說：「……那你就別想知道了！」

我說：「我還不知道你？你自己會告訴我的。」

剛掛電話兩秒，柳丁果然又打給我，這次他的聲音提高了八度：「我遇到小八了！」

我問：「小八是誰？」

柳丁説：「就是那個讓我一見鍾情卻怎麼也沒聯繫上的姑娘啊！！！」

然後他仰天大笑：「哈哈哈哈，我終於知道她的名字了，哈哈哈哈哈。」

他笑得又大聲又驚悚，驚得我手一滑，手機直接摔到地上。

從此，我接柳丁電話之前都要深吸一口氣。

他倆在金融街再次遇見，兩人在同一棟大樓工作，那天柳丁剛進電梯就看到了小八。

就像柳丁自己説的，他一直是個倒楣的人，那陣子他特別倒楣。上班途中撞了車，下班途中丟了手機。

我聽完他倆相遇的故事，説：「你看運氣就是守恆的，老天總不能讓你一直倒楣下去。」

他説：「早知道我就再倒楣一點，這樣就能早點和她重逢了，哈哈哈哈。」

我説：「柳丁，你開心可以，但能不能不要哈哈哈。」

柳丁説：「你就忍忍吧，這是我這輩子最開心的一天，哈哈哈哈哈。」

我説：「那你問她要聯繫方式了沒？」

柳丁愣了十秒，説：「……我忘了，但是我看到了她的名字。」

我被他的天然呆弄得哭笑不得，只好説：「……加油，總有一天你會要到號碼的。」

這次柳丁知道了小八工作的樓層和名字，終於等到了小八。他支支吾吾半天，不知道怎麼開口說第一句話，還是小八先開口問他，他才說起自己在英國見過她一面，兩人是校友。

幾經周折，柳丁終於拿到了小八的聯繫方式。

從此他又開始了每天起大早的生活，把自己打扮得人模人樣，買兩杯咖啡在電梯口等小八上班。

很快到了冬天，小八換了工作，到了北京的另外一角。

柳丁把鬧鐘提早了兩小時，每天提前去小八那兒等她。北京的冬天冷，柳丁又為了耍帥穿得少，就這麼凍感冒了，但他還是買兩杯咖啡，一杯給小八一杯給自己，一天都沒斷過。

小八問：「這麼巧，你也換到這兒來了？」

柳丁點頭，說：「是啊，好巧。」

他總是把咖啡遞給小八，送小八到上班的樓層，和她揮手再見。然後轉頭狂摁下樓的電梯，直奔地鐵站再轉回金融街。

就這樣，柳丁遲到了整整兩星期，差點被開除。

冬天過完，柳丁還是不知道怎麼表白，兩人在一起還是小八開的口。

那天柳丁打電話給我，好在機智的我早有準備，把聽筒聲音調到了最小。

即便如此，我還是能感受到柳丁的開心。

小八大一時柳丁大學即將畢業，小八研究生時柳丁去了北京。

不停錯過的兩人四年後終於在一起了。

再次和柳丁聯繫時，柳丁已經決定和小八結婚。

我問他，你們倆戀愛談了不到一年，結婚會不會有點急了？

柳丁說，我等了四年多才找到她，我不要再等另一個四年，我要和

她結婚，一刻都不想等。

小八也說，我們這幾年在不停地錯過，她不想再錯過這麼好的一個

人了。

但一切沒他們想的那麼簡單。

小八是武漢人，她當初好說歹說才說服爸媽讓自己來北京，但她也

知道她爸媽一直都不贊成她留在北京。

小八說自己一直知道爸媽的態度，但沒想到爸媽會這麼反對。

柳丁是哈爾濱人，他爸媽對於他的戀情也並不看好，說兩人雖然都

在北京，但畢竟老家都隔得遠，結婚了以後走親訪友都麻煩。

小八那陣子每天都能接到她媽媽的三通電話，柳丁都看在眼裡，心

想要好好工作，這樣多少能給小八一些未來的保證，偏偏那段時間

他的業績不斷下滑。

小八説，我知道自己來北京人生地不熟，兩人在北京都沒有根，光是想在北京站穩就很難。父母不同意，結婚又是個現實的問題。哪怕不去想將來要面對的生活，光是結婚的開銷就頭疼，更不用提自己的爸媽可能都不會來。

我當然勸和不勸分，我説你看這世上很多人也面臨這樣的問題，胳膊總擰不過大腿，他們都撐過來了，你們肯定也可以。

小八説，你説的我都知道，可我真的不知道怎麼辦了……

我看小八都快哭出來了，頓時手忙腳亂，一時想不到任何一句安慰她的話。

堅持下去誰都知道，但擺在面前的現實似乎總是更為有力。

沒多久小八辭了工作，對柳丁説想放空一段時間。

沒有人比柳丁更瞭解小八，他知道小八的所有想法，勉強點頭答應。

幾天後我去北京，柳丁約我吃飯，回家路上丟了錢包、丟了手機。

我説：「肯定落在吃飯的地方了，快回去找肯定找得到。」

柳丁一臉淡定地往家趕，沒搭理我。

我一時上火，説：「手機、錢包丟了也不回去找，你是不是傻！」

他看看我，説：「你不是説運氣是守恆的嗎？如果這樣能讓小八回

來，丟就丟了吧。」

我說：「這東西跟運氣沒關係，別強詞奪理。」

柳丁說：「你說的我能不懂嗎！我有種預感，這次小八走了，就不會再回來了！你他媽的能有我心痛嗎！」

我剛想回話，他說：「我只是想讓自己好受些，你別說了。」

我歎氣，無力反駁，更不知道該怎麼安慰。

我不常在北京，後來我就沒怎麼再聽到他倆的消息，直到某天我接到柳丁的電話。

剛接起來又是柳丁標誌性的：「哈哈哈哈，盧思浩，我要給你一個大驚喜！」

我說：「真的？！」

柳丁說：「我和小八要結婚啦！」

我一下站起來：「真的嗎？！！」

柳丁說：「是啊，我求婚啦，小八答應了。」

我說：「快把細節告訴我！」

柳丁說：「就是我約她吃飯，然後向她求婚，她說要嫁給我，哈哈哈。」

我歎氣，心想，從柳丁這兒果然聽不到什麼故事，就打給了小八。

我這才知道柳丁是怎麼求的婚。

他約小八吃飯，吃到一半接了個電話說了句公司有急事，就急匆匆地出了門，留下小八一個人哭笑不得。

後來小八就聽到餐廳裡放著柳丁的聲音，是一句一句的「我們結婚吧」「嫁給我吧」。

小八何等聰明，一下明白了柳丁要求婚。

這一句一句的話語只有小八知道，是柳丁平時對她說的。柳丁在他們交往期間只說了十八次這樣的話，她以前對柳丁惜字如金很不滿，現在她才明白，柳丁說這句話時從來沒有帶著一絲敷衍。

餐廳的服務員敲門讓小八出門，這時她看到了柳丁帶著他倆在北京的所有好朋友在大螢幕下跳舞，放的歌曲是〈結婚好嗎〉，大螢幕放著他們在一起時的所有合照，以及那張他們那年在新生歡迎會結束時拍的合照。

那是柳丁這輩子唯一一次跳舞，笨拙得一塌糊塗，差點摔跤。接著柳丁手捧鮮花，拿著戒指跪著和小八求婚。

他說：「小八，這枚戒指是我工作以來存下來的所有錢給妳買的，我能給妳的不多，一顆理解的心和一雙溫暖的手。嫁給我吧！」

那時小八一直告訴自己不能哭，哭了就不漂亮了，直到她看到自己的父母和柳丁的爸媽一起從人群中走出來對小八說：「嫁給他

吧。」

她再也沒能忍住眼淚。

柳丁是個天然呆，嘴又笨，小八一直嫌棄他對她說的「我愛妳」太
少。

這個不知道怎麼才能表白、才能說出一句「我愛妳」的人，花了每
個週末去武漢見她爸媽，為了不讓小八發現，經常是一大早去凌晨
就回來。

她不知道柳丁是怎麼說服她爸媽的，但她一定知道柳丁有多愛她。

「我愛你」是三個字，這是這世上被重複次數最多的三個字，對有
些人來說卻是最難說出口的三個字。「我愛你」可能變成心底的秘
密，「我愛你」也可能變成嘴上的敷衍。

他不知道怎麼說「我愛妳」才最恰當，卻用所有行動證明了「我愛
妳」。

這個世界上一定有跑得贏時差、撐得過距離的愛情，只要她相信，
只要你堅持。

同樣，這個世界上一定也有近在咫尺、天天見面卻最終分開的愛
情。

許久前看到一句話：我們只考慮分開對彼此都好，從來沒有想過，如果在一起，對兩個人有多好。

我想，這句話最適合對所有在掙扎的人說。

時間打敗時間，愛情打敗愛情，輸給的不是別人，都是自己。

別忘了在一起對兩人有多好。

柳丁和小八在8月18日正式結婚。

我遲鈍地今天才看了他們的結婚視頻，看到小八哭著對柳丁說：「離開你獨自旅行的那段時間裡，一個人時我終於明白自己想要的是什麼了。我當時想的都是你。和你一路錯過，最後相遇，是我這輩子最大的幸福。」

柳丁是我見過運氣最差的人，他可以丟手機丟錢包丟鑰匙，然後露宿街頭；他可以買球必輸，我靠著和他買相反的賽果賺了人生第一筆橫財。

柳丁是我見過運氣最好的人，他可以和一眼愛上的姑娘最終相遇，然後相愛。

全世界每天都在錯過，全世界每天都在相遇，全世界每天有人住到另一個人的生命裡，全世界每天有人從另一人生命裡搬走變成路人

甲。

如果可以，把所有的運氣都給你。

那你會遇到這樣一個人，從錯過到相識，從相識到相愛。

所有的磕磕絆絆，都是為了一起欣賞這世界全部的漂亮。

sixteen

/ 旅行的意義 /

旅行潮最熱的前兩年，我的基友也拿起背包一個人出走了。

走之前他意氣風發，拍著我的肩膀說：「哥也要去旅行了，我覺得我可以邊走邊思考人生，從此走向人生巔峰呢。」

我笑：「少來了，你的躍躍欲試都是因為看到了書裡寫的那些豔遇。」

基友一臉嚴肅：「哦呵呵呵呵，我是這樣的人嗎？」

我也一臉嚴肅：「是。」

基友沒理我，拿起背包頭也不回地出發了，留給我一個帥氣的背影。

每一分每一秒都在變老，快到沒有時間去浪費；每一分每一秒都在流失，快到還沒成熟就已經變老。還沒把千山萬水走遍，就已經沒有氣力；還沒有把故事配酒喝夠，就已經沒有心情。所以不要辜負自己，不聽熙熙攘攘的聲音。每一分每一秒都要往前走，時間太短，哪怕來不及走遍萬水千山，也要遇到一個合拍的人。

兩週後我去車站接他，差點沒認出他來。

他的帥氣背包已經灰頭土臉外加傷痕累累，只能用手托著；衣服上一層灰像兩個月沒洗過，唯一能讓我認出他來的，是那比我還小的眼睛。

我一臉詫異：「你這是去旅遊了，還是去渡劫了？」
他說：「渡劫！窮遊你妹啊！老子再也不窮遊了！」

「你大爺的，這年頭小偷怎麼這麼多！剛下車我的手機就沒了。還

好我機智帶了點錢，你說我是不是很機智？但是帶的錢又不多，只能買個不知道什麼牌子的山寨機，還是雙卡雙待的，但他娘的用了三天就壞了。你說，是不是很不科學，是不是？然後我沒辦法啊，只能買了個新的，這下子沒錢住好的旅店了啊，然後我就跟著火車站的人走了啊，她說有住的啊。我想，這大娘看起來很老實啊，不會騙我吧，結果住的地方沒個窗戶也沒個空調，這也就算了，最關鍵的是沒有水！你說是不是不能忍，是不是？」

這時候我已經快要笑到滿地打滾，硬是擺出了一個嚴肅的表情，說：「是！」

「我也不能忍啊！一氣之下就買了個帳篷，此處不留爺，自有留爺處，天下到處是我家啊。然後我就到了露營的地方，你看天為被地為床，這是一幅多麼壯闊的場景，你說是不是？誰知道我走錯了路，我當時還想呢，怎麼周圍連個人影都沒？但是我睏啊，趕緊睡了。好在我還有搭帳篷的技能，這年頭多學點技能就是好啊，你說是不是？誰知道我剛睡下，就聽到自己的包『刺啦』一聲，整個包都被劃破了啊。這不是重點，重點是那個地方晚上有狼叫啊！我一個晚上都沒睡好！」

這時候我已經在地上打滾了好幾圈，好不容易才憋出一句話：「那你的豔遇怎麼樣了？」

基友十分生氣：「你大爺的，我都這狼狽樣了，姑娘看到我可不都躲得遠遠的嗎！」

我拍著他的肩膀，一臉嚴肅：「沒關係，反正你不狼狽的時候，姑娘看到你也會躲。」

吐槽歸吐槽，我還是把他接回了家，讓他洗了個熱水澡，請他吃了頓飯。

這是我聽到的最悲慘的旅行故事之一，但我也知道一些很美好的旅行故事。

老陳的朋友我並不熟知，在雲南時見過一面。那時聽他說他是兩年前來的雲南，從此就在雲南扎下了根。前不久他結婚，老陳還特地趕了過去，據說新娘特別漂亮，也是和他一樣到了雲南被雲南留住的人。

還有一個畢業旅行的姑娘，騎著駱駝走過沙漠，唱著山歌走過草原，淋著大雨看過瀑布，租著自行車繞過城市。我認識她的時候她還在旅途中，很久以後我收到她寄來的明信片，附著她的兩張照片，一張是她站在歐式街道上對著鏡頭笑，另一張是她站在山頂呼喊的側臉。

看到照片的一瞬間，我就知道這姑娘找到自己想要的是什麼了。

我們在年輕的時候，總是按捺不住自己想要去遠方的渴望。我們待在自己的房間裡，內心卻想要去看世界。我們想要劇烈，我們想要經歷，我們想要知道別人的生活。

我們都迷茫，我們都想逃，所以我們一次又一次地上路。

我們想要尋找丟掉的自己，我們想要逃離一個人的影子。

所以我們翻山越嶺，所以我們跋山涉水。

所以我們想要在不知道名字的風景裡，當一片自由自在的雲。

只是旅行這東西是浪費時間，還是真能尋找一些什麼，每個人都有每個人自己的答案。

我要說的是我的答案。

有段時間我也愛上了旅行，恨不得把想去的地方都去個遍。於是我省吃儉用，加上平時打工，雖然掙得不多，倒也勉強足夠出行。

於是我去了很多地方，在窘迫時淋著大雨找屋簷，拿著背包在臺階上睡過一夜；在城市裡迷過路，在鄉村裡扭到腳；遇過喜歡的姑娘，丟過手機丟過錢；也曾通宵爬山看日出，最後在地鐵上睡過站。

但那段時間，我一無所獲。

最後陪著我的只有越來越空的錢包。

消停了一段時間，某天我又準備出走。我帶了錢包帶了手機，到了機場才發現自己沒有帶護照。打電話回家，我爸媽也不知道我的護照在哪裡，在機場東奔西走之後還是無奈地得知我不能上飛機，最後只能退了機票。

飛機本就凌晨飛，退完機票接近天亮。我跟自己賭氣，說你大爺的我乾脆就在機場睡一夜得了。但那天我並沒有睡著，我難得地靜了下來。我只是聽著歌，看著人來人往，突然很想知道在機場這些人來人往的腳步下都隱藏著一些什麼故事，是什麼讓他們東奔西走，他們平靜的面容下又有什麼秘密。

我不知道，其實我也不想知道，我只是這麼想著。

那一刻我突然發現，哪怕我能去再多地方，我也沒辦法把世界走完。

哪怕我經歷再多故事，我也沒法把這世上所有的故事都寫遍。

就在這個時候，我在背包的夾層裡發現了我的護照。

你大爺的。

找到了護照卻丟了目的地。

我本來以為我的情緒一定會更糟糕，但是我沒有，那一刻我突然想

笑。

沒能去想去的地方固然可惜，但身邊的景色也沒什麼不好。

我們都太羨慕別人眼裡的風景，於是我們一路飛奔，卻忘了自己。

於是我開始明白，旅行不應該變成逃離苦難生活的藉口，總不能生活一不順利，就想著扔掉一切去旅行。

我還是會推薦旅行，但比起風景，我現在明白更重要的是心情。

哪怕看的是同一片風景，心情不同景色都會變得不一樣。

心情好時，走在路上都像在旅行。

所以旅行只是旅行，它能有什麼樣的意義，就在於你能給它什麼樣的意義。

如果你只是為了拍幾張照片放在網上，旅行給你帶不來任何意義；如果你還是把自己困住，想著讓你不開心的事情，那也沒有什麼效果。自己把自己困住的人，去哪裡都一樣。

如果可以，我希望你和我一樣，在沒有時間沒有餘力時，不去想著旅行。在旅行時帶著喜歡的歌和喜歡的書，去哪裡都無所謂。

在旅行的空檔聽喜歡的歌，在陌生的城市做喜歡的事，在安靜的夜晚看喜歡的書。

工作時努力工作，旅行時心安理得，遇見一些人然後告別，和善良

的人交換故事。

然後永遠記得回家的方向。

我們都在翻山越嶺，一路飛奔，但也別辜負身邊的每一處風景。

只有不辜負身邊的每一處風景，去遠方才能有意義。

▶▶ BGM： Joel Hanson *Traveling Light*

seventeen

/ 逗逼的自我修養 /

某天早上我睡得好好的,夢裡出現了火鍋。

我正在撈蝦滑(*即蝦膠),突然聽到蝦滑説:「感覺自己萌萌噠。」

我心想,這年頭蝦滑也會説話,果然很萌。

然後轉念一想:等一下!煮熟的蝦滑怎麼會説話?如果是生的説話那還可以理解!難道我是在做夢?哈,別傻了,怎麼可能是做夢呢?

然後我猛然從床上坐起,這時我聽到大劉在客廳放著〈小蘋果〉做早餐的聲音。

我們在想哭時假裝開心，在黑夜裡等待天亮。我們都害怕一個人離開，於是想方設法取悅對方。有時你準備了一籮筐笑話，也取悅不了一個不再喜歡你的人。友情愛情都一樣，重要的是能找到一個會陪你一起認真，也會和你一起歡笑吐槽、一起放肆的人。

我掀被而起，你大爺的，還我小龍蝦！

大劉正跟著〈小蘋果〉的節奏左右搖擺，嘴裡唱著：「你讓我每個明天都變得有意義，生命雖短愛你永遠不！離！不！棄！」「蒼茫的天涯是我的愛……斟滿美酒讓你留下來，留！下！來！」

我完全不知道他在唱什麼，實在受不了打斷了他：「大劉，你還我小龍蝦！」

大劉一臉驚訝：「什麼小龍蝦？」

我說：「我不管，你快去給我買小龍蝦回來。」

大劉説：「墨爾本哪兒來的小龍蝦？」

我説：「那把你的早餐給我！」

大劉説：「哈哈哈，哥的早餐味道果然很好吧，有沒有覺得哥棒棒噠呢。」

我無言以對，沉默著回了房間。

剛有了睡意準備繼續睡，大劉來敲我的房門。

我説：「大劉，你一大早就這麼吵我，你是想逼死我？」

一開門還真看到了大劉端著他的早餐，一臉猥瑣地笑：「你看到哥還能睡著？難道你看到哥不會被帥醒嗎？我跟你説，我剛才在洗手間看到一個英俊瀟灑、眼神深邃、具有憂鬱氣質的帥哥出現，太帥了，我差點給他跪下。」

我説：「我知道你在誇我，下次我們可以低調點……」

我話還沒説完，大劉説：「然後我離開了鏡子。」

當時我心裡只有一股想把門一下關上讓早餐糊他一臉的衝動。

大劉是我年初搬到一起的室友，是Tim哥的多年好友。

他説自己曾經的志向就是做一個有趣的人，現在終於得償所願。

我説你只是在這條路上跑偏了，變成了一個逗逼。

Tim哥來了一句：對於長得醜的人，逗是他們唯一的出路。

我倆不約而同地看了一眼大劉，若有所思地點了點頭。

前兩天大劉買了一打啤酒回來，把我和Tim哥叫上，在我們兩人面前一人放了一瓶啤酒說：「這就是你們倆的量，剩下的都是我的，別和我搶，我要打十個！」

我說：「你以為自己是葉問啊，還打十個，你的酒量最多五瓶。」

大劉憤憤不平：「尼瑪，要不要來賭！」

我說：「我賭十刀！五瓶！你要能喝完十瓶，我給你二十刀！」

大劉一拍桌子：「好，你說的，一言為定！」

Tim哥在一旁淡定地看著我倆，說：「我賭五毛，五瓶。」

……

半小時後，大劉喝完了五瓶，起身去了廁所，我和Tim哥得意地笑。

一小時後，大劉喝完了八瓶，廁所吐了兩回，我和Tim哥目瞪口呆。

一小時二十分鐘後，大劉開了最後一瓶，整個人搖搖晃晃。我覺得他今天不對勁，一把搶過酒瓶，說：「我輸了，別喝了。我們輸你二十刀五毛。」

大劉把酒瓶搶了回去，說：「你們誰不讓我喝，我就跟誰翻臉！」

然後大劉掏出手機，放了首〈我愛的人〉，開始號：「我愛的人不是我的愛人，她心裡的每一寸都屬於另一個王八蛋。哦，王八蛋，幸福得真殘忍。哦，她已有了王八蛋，哦，我又愛又恨。」

我剛想開口阻止他，Tim哥拿起手機給我看了一眼日期。

Tim哥說，一年裡的其他所有日子我們都能吐槽他，只是今天不行。

大劉所說的愛人，我們都知道是誰，就是他放手機桌布的那個姑娘。

而今天是姑娘幾年前結婚的日子。

新郎是他嘴裡的那個王八蛋。

其他日子他都是段子手，只有今天他是矯情狗。

大劉喝完最後一瓶，倒在地上一動不動，只是嘴裡嘟囔著那個名字。

我從沒見過大劉這一面。

第二天一早，大劉敲開我的房門大罵：「臥槽，哥醉了，你倆也不知道把我扶回房間，哥這麼帥，感冒了怎麼辦？」

我說：「你胖得我倆拖都拖不動，我這不是給你蓋毛毯了嘛。」

大劉拿著我翻箱倒櫃找出來的床單咆哮：「這尼瑪是毛毯嗎！這是床單！」

轉頭他走進了洗手間，沒多久傳來一句：「還好沒感冒，感覺自己帥帥噠。」

大劉和姑娘談了三年，有兩年半的時間都在異地。

姑娘和他鬧分手時，說了一句「我喜歡有趣的人」。

從此大劉準備了一大堆段子，生生把自己從高冷變成了逗逼。

姑娘和他又繼續談了半年，又開始鬧分手。

大劉上躥下跳使盡渾身解數，把準備好的所有段子都說了一遍，姑

娘只是從頭到尾皺著眉頭看著他，一次都沒有笑過。

分手後一個月，姑娘給他發簡訊說自己要結婚了。

大劉瞬間從段子手變成了單身狗，然後在每年的那天都會化身矯情狗。

從那以後他再也沒談過戀愛，變成逗逼的事實卻無法逆轉。

後來我們提起他喝醉的事，大劉說：「是不是覺得哥喝醉了也是英俊瀟灑的？」

我吐了一輪：「呸！」

Tim哥說：「其實你可以不用每次都喝醉的，分手後一個月就結婚，他倆肯定早就勾搭上了。」

大劉說：「蠢，我喝醉又不是因為她，我喝醉是因為哥喝醉了也是英俊瀟灑的。」

我和Tim哥無言以對。

然後大劉說：「其實我怎麼可能不懂，喜歡有趣的人這句話我也知道，都是藉口。只是想到這樣能把她多留住一天，就會忍不住這樣做。」

他突然一本正經起來，我反而有點難受。

聚會時怕冷場，就喝得最多唱得最嗨調動全場氣氛；聊天時怕尷尬，就說得最多開很多玩笑自己笑得上氣不接下氣；愛人時怕自

卑，就準備一籮筐笑話哄對方開心。

其實有沒有效果他自己心裡最清楚，只是還是忍不住這樣做。

其實氣數已盡無法挽回他最明白，只是已經決定要用這樣的方式告別。

既然要告別，就開心點吧。

既然要難過，就逗逼點吧。

這樣記憶裡的自己，至少是笑著的。

我們都在想哭時假裝開心，在黑夜裡等待天亮。

我們都在害怕一個人離開，於是想方設法取悅她。

到最後才明白總要取悅太累，彼此舒服才最合適。

我突然明白，對大劉來說，逗逼是自己選的生活方式。

開心起來是真開心，失落起來也好掩飾。這是一種自我保護，也是一種生活態度。

誰沒個難過的時候，只是他寧願讓別人看到自己整天逗逼嘻嘻哈哈，也不想讓別人看到他失落難過疲倦不知所措的樣子。

天塌下來一句哈哈哈，不代表他沒心沒肺，只是他明白這是他遭遇挫折時，最好的面對方式。

有時你準備了一籮筐笑話，也取悅不了一個不再喜歡你的人。

真正重要的是那些被你逗樂、跟你一起逗逼嬉笑怒罵的人，因為他們都看到了你背後的認真。

▶▶　BGM:　陳小春〈我愛的人〉

eighteen　　　　　　　　／ 願我們在彼此看不到的
　　　　　　　　　　　　歲月裡熠熠生輝 ／

小學時我一直住在鄉下，初中考去了市裡。那年頭考去市裡還沒有
那麼容易，和我同一所小學的同學都分散在城市的各個角落。有個
和我小學同校的跟我初中同班，我跟他並不熟，只依稀有個印象。

理所當然地我們最先熟絡起來。

剛開學一個月我每天放學都和他一起走，路過路邊攤一起買肉串，
再吹牛扯皮聊聊小學旁邊的那座小山，和那片「飛機場」。那片
「飛機場」其實不是真的機場，只是一個鎮上的活動中心，籃球場

這些年我和曾經的摯友失去聯繫，也和偷偷喜歡的姑娘失去關聯。在不斷的失去中，我懂得珍惜了，雖然有些後知後覺。好在身邊還有朋友陪著，難過時可以找他們吐槽，不爽時跟他們一醉方休，不管多遠都能保持聯繫。我慶幸身邊有這樣的人，因為生活歸根結底不過那麼五個字：珍惜眼前人。

圖書館小公園都在這兒。不知為什麼，活動中心正中央擺著一架飛機，用欄杆攔了起來。據說是當年解放戰爭時留下的飛機，這裡也曾是戰場，飛機擺在這裡留作紀念。

我不知道是真是假，但新奇的玩意兒總能引起孩子們的興趣。即使我已經搬去了市裡，我也很想念那架老舊的飛機。

沒想到上了初中還能遇到以前同校的同學，感覺兒時的記憶還有個人可以分享，為此我一直很慶幸可以遇到他。

那時我常跟他說有機會一定要一起回去玩。

他點頭說好。

他的成績很差，很快就被其他人甩到了後頭。

那年頭成績差的人，要麼痞要麼悶。痞的不受老師喜愛，卻能俘獲一堆小姑娘；悶的不會被老師針對，卻會被班裡的人嫌棄。沒緣由的，每個班裡都會有這樣的「出氣筒」。可能太過年輕的我們都不懂「偏見」這兩個字能給人帶來多少傷害。

後來他的座位換到了最後一排，我那時因為近視換到了第一排。
他開始不怎麼跟我搭話，放學時也不等我，總一個人走。

我當時也生氣，想著既然你不搭理我，也別想讓我搭理你。

兩個星期後他掛了彩，手骨折，老師說他是在騎車回家的路上摔的，可我怎麼看都不像是摔的。早自習後我想過去問問他到底怎麼樣，轉頭看到他坐在自己的座位上低著頭。明明我們身在同一間教室，他的身邊卻像豎起了一道牆，沒有人搭理他。

我不知道我走過去班裡的人會不會笑我，我又想起他前幾天也沒有理我。正當我躊躇時，上課鈴響了，我咬咬牙打消了去跟他搭話的

念頭。

就這樣我們的交集開始變少，到了初三他的成績也沒有起色，變得越來越沉默，一個人來一個人走，幾乎不跟班裡的人説話。

中考前那天我們早放假，我回家趕上了《體育新聞》，電視裡正放著姚明的火箭隊，我接到了他的電話。

我有些不耐煩地説，我正在看姚明呢，有事嗎？
電話另一頭傳出怯生生的聲音，問我，要怎麼樣才能面對中考？
我説，這問題我怎麼知道，明天就要考了，今天也做不了什麼了。

他在那頭還説著話，電視裡放起了五大好球，看到姚明我驚呼「YES」就沒有聽清他説什麼。我回過神來問他，不好意思剛才沒聽見，你説什麼？
他説沒什麼。
就掛了電話。

高中時我回了一次老家，特地去了那個所謂的飛機場，才發現那架飛機已經解體。聽我媽説一開始是小偷偷零件，後來是偷座位，最後連機翼都鋸了。被偷成這樣也就不維護了，就一直那樣突兀地存在於籃球場的旁邊。

我想著那天他或許說的是有機會再回來玩，也或許不是，但我想不到他還有什麼話好跟我說。

最後他跟我失去聯繫，我居然也找不到去聯繫他的理由。於是他給我留下的印象，只剩下那張怯生生的臉和每次課後都蜷縮在座位上的身影，有關他的回憶就像那架解體的飛機，只有片段，支離破碎。

大一時我剛到坎培拉，人生地不熟。就在網上找了個同校群，在裡面問學姐們坎培拉有什麼推薦的住處。等了很久果然沒有美女學姐搭理我，直到我準備下線時出現了一個學長，學長給我推薦了好幾個住處。

那時我不懂什麼叫麻煩別人，就纏著學長問東問西。學長問我什麼時候到坎培拉，我說還要過一個月。學長說，我明天抽個空去幫你實地考察，給你發照片過來。我說太棒了，回坎培拉我請你吃烤翅！

學長姓陸，老陸那天真的給我傳過來了二十幾張照片。
後來我到了坎培拉才知道，要把那些地方走完怎麼也要三小時，作為苦逼大學生，那時的我們誰都沒有車。

我執意要請他吃頓好的，他硬是推辭了。

後來老陸就成了我在坎培拉最好的朋友。他住得離學校近，有時候通宵趕作業我們都往他家裡趕，一個作業組一般都是四個人，於是我們四個人每次做完作業都會在他家打會兒牌，我也是在那時學會了一種很好玩的牌：摜蛋。

摜蛋需要兩個人一組，我每次都和老陸一組，每次都被他扯後腿。那時臨近期末，老陸一咬牙，說，我要閉關一個月，一個月後考完我再出關，到時候我們殺個通宵。

老陸考完就畢業了，要走時我們送他，打了一晚上的摜蛋，一早把老陸送到機場。快到機場時，我們拿出一壺酒，說要走先乾了這杯。

老陸說，你他媽的還讓我飛嗎？

我說，就喝一口，你既不開飛機也不打飛機，有什麼好怕的。

老陸跟我們乾了那杯酒，在機場跟我們告了別。

之後那年我自己忙著畢業，就很少跟老陸聊天。本來約好回國見，可不知怎麼再也沒見成。

還好我們一起打的最後一局摜蛋，贏了。

說起來跟我失去聯繫的，遠不只他們兩個。

以前說好要一起看世界盃的哥兒們，以前每天蹲圖書館時總是同一時間出現在同一地點的姑娘，熬夜通宵一起買紅牛的組員，有陣子每天早上都打電話給我叫我起床的姑娘，居然都跟我失去了聯繫。

兩年前我離開坎培拉時，曾經跟一個姑娘約好要互相寄明信片。回國後我到處跑，居然把這件事忘了。2014年6月我媽給我發微信說收到了一張寄給我的明信片，我看了一眼字跡，沒想到她居然還記得。
我看了一眼郵戳，不是澳大利亞的，我想照著原地址寄回去，才發現明信片上沒有留下她的地址。

很多畫面在我的腦海中定格，變成黑白電影，我記不清那些畫面是什麼顏色。

有時我能很清晰地想起一些片段，有時我又會突然想不起他們長什麼樣子。
慢慢地，我也很少想起這些了。

今天我看了《玩命關頭》，是的，看得有些晚。關於電影我有千萬句話想說，想說曾經和基友在夜裡把電影看了一遍又一遍，也想像那樣酷炫地開車。可最讓我感觸的，還是片尾曲響起的時候。

See you again.

人到了二十多歲，生命就開始不斷地做減法，有時他會用這麼殘酷的方式提醒你，要學會珍惜。有時他也會讓你後知後覺，原來你已經和某些人見過最後一面了。而有些人，是你自己把他弄丟的。想說的「對不起」，想說的「謝謝」，都來不及也沒辦法再說了。

這些年我和曾經的摯友失去聯繫，也和曾經偷偷喜歡的姑娘失去關聯。曾經習以為常的東西被時間變成了奢侈品，比如常常聚會，比如有個午後的閒暇時光，比如能遇見一個讓你全心全意付出的人。

好像從沒有認真告別過，卻又好像一直都在告別。我們總是毫無緣由地相信友情這東西可以打敗時間，最後卻又被時間打敗。我們總是在分別的時候說著保持聯繫的話，以為可以常來常往，卻發現最難的竟是保持聯繫。

離開太久的人，已經久到不知道該怎麼聯繫了，怕開口變成客套的寒暄。也不是多想念，就是希望每個失去聯繫的人都能過得好。如果有機會還能再見面，一起去喝一杯，一起去吹吹風，再聊聊這些年的故事。

我多麼希望他日我提著老酒，你們還是我的老友。

在跟這麼多人失去聯繫之後，我學會珍惜了，雖然有些後知後覺。

這幾年我一直東奔西走，去北京去武漢去上海再去墨爾本，好在身邊還有那麼多人陪著。我難過時可以找他們吐槽，不爽時跟他們一醉方休，不管多遠都能保持聯繫。

這些人，我再也不會輕易弄丟了。

我感激每個在我生命裡出現過的人，我知道他們都是我的一部分，讓我變成了現在的自己。

還陪伴在身邊的，常來常往，保持聯繫。

在路上走散的，原諒我只能在心底和你說聲「再見」。

願我們在彼此看不到的歲月裡，熠熠生輝。

▶▶　BGM：　《玩命關頭》*See You Again*

nineteen

/ 土豪小姐的演唱會 /

前陣子去成都辦簽書會，胡幽幽在微信裡威脅我請她吃飯，否則她就混在群眾中，在提問環節時問我奇葩的問題。

我大義凜然：「幽幽，妳提好了，看哥一一化解。」

胡幽幽說：「那我就起鬨讓你唱〈小蘋果〉外加跳舞！」

我心裡一句「我擦」，立馬投降：「女俠饒命！地點妳定！」

我是個吃貨，所以我身邊的朋友大多是吃貨，胡幽幽也不例外。

但作為一個道地的成都人，胡幽幽告訴我這是她幾年來第一次吃芋兒雞。

我想把我所有的人生故事都分享給你聽，可是你聽不進去；我所有的沉默背後都有無數的話想告訴你，可是你也不懂我的欲言又止。每個順其自然背後都是想改變卻不得的努力，每個灑脫背後都藏著不捨，每個放下前都是掙扎，每個人心裡都有不可言說的秘密，聽不到是因為那人無心再聽。有些故事、有些情緒，只能留給懂的人聽。

我一拍桌子：「胡幽幽，妳有沒有一個吃貨的覺悟！這麼好吃的東西妳居然放著不吃，作為吃貨組組長，我覺得妳必須給我個合理的解釋！」

幽幽白我一眼，說：「我擦，這是什麼，你自封的吧？」

然後她說：「還不是我前男友不能吃辣，我也就不吃了唄。和他在一起我覺得糖醋排骨都好吃，前幾天我自個兒嚐了嚐，卻一口都吃不下去。」

我這才想起來，她和她前男友分手也一年多了。

我和胡幽幽的共同點，除了愛吃，還有都愛看演唱會。

我愛看演唱會一是喜歡演唱會的氣氛，二是演唱會上總能和許久不見的朋友見面。

而她愛看演唱會，是因為一個人。

胡幽幽高一時就喜歡上了她的前男友顧彬，因為顧彬是班上第一個和胡幽幽講話的人。

她到現在還記得顧彬對她說的第一句話：「同學，這個座位是我的。」

……胡幽幽的孽緣就從這句無厘頭的話開始了。

胡幽幽人如其名，做什麼事都是靜幽幽的。三年裡，她連一個基本的暗示都沒有，甚至見顧彬就躲。暗戀變成她心裡的種子，在她心裡發芽，吸收她的所有養分卻結不了果，最後變成她的兵荒馬亂。

我在大一那年認識了胡幽幽，那時我還偶爾會彈吉他，每週六下午都拿著吉他有模有樣地練歌。那時除了我的室友沒地方可躲，沒有誰能在我的歌聲下堅持五分鐘。

唯一聽過我的歌聲還能自願留下的，就是胡幽幽。

胡幽幽有種特殊的藏歌詞本技巧，總能在我眼皮下變出一本歌詞本

來。

有一天，她一本正經地說：「盧思浩，〈溫柔〉這歌只適合分手唱，你看真正的表白神曲是這首〈聽不到〉。」

我說：「幽幽，哥選〈溫柔〉這首歌並不是因為它適合表白，而是因為它比較好唱……」

我至今仍記得幽幽鄙視的眼神。

胡幽幽一直以來最喜歡的歌就是這首〈聽不到〉。

她說歌詞寫出了她的所有心情：「世界若是那麼小，為何我的真心你聽不到。」

我調侃她：「妳從來不表現出來，誰能聽得到？」

大一下半年，聽說她因為家裡的一些事回了國，好幾年我都沒有再見到她。

2012年，我回國趕上武漢演唱會，第一時間訂了票，一刷朋友圈看到了她也會去看演唱會的消息，這才又見了一面。

同時我也見到了她那陣天天唸叨的顧彬。

這還不算完，演唱會結束，胡幽幽傳了一張他倆的照片，照片的描述是：以後的演唱會，我們都要一起來聽。

然後顧彬在下面回：以後的每個節日，我們都要一起過。

我回：⋯⋯能考慮一下單身狗的心情嗎？渾蛋。

後來，我聽幽幽講了他倆最初的故事。

回國後，幽幽一個人買了演唱會的票，刷人人網看到顧彬也一個人
去看演唱會的消息。她心想，這是上天的徵兆，這次一定要大聲說
出口，向顧彬表白。

那天演唱會結束，兩人都覺得意猶未盡，就坐在體育館前的臺階上
聊天。

剛看完演唱會的胡幽幽，正處於極度亢奮的狀態，她想都沒想，站
在臺階上大聲給顧彬唱：「我的聲音在笑淚在飆，電話那頭的你可
知道，世界若是那麼大，為何我要忘你無處逃；我的聲音在笑淚在
飆，電話那頭的你可知道，世界若是那麼小，為何我的真心你聽不
到。」

顧彬就坐在她面前，目瞪口呆。

胡幽幽越唱越亢奮，唱到最嗨那段直接破音：「聽不到聽不到我的
執著，撲通撲通一直在跳，直到你有一天能夠明瞭，我做得到我做
得到我做得到⋯⋯」

她心想，老娘豁出去了，大喊了一句：「顧彬，我喜歡你！你他媽
的為什麼聽不到？」

顧彬呆了老半天：「高中妳見我就躲，我還以為妳討厭我呢。」

胡幽幽高中三年外加大學一年的情緒，那天一次都爆發了出來。

這是個暗戀修成正果的故事。
只是故事還沒有到結局。

2013年初，我在南京和老陳聚會，幽幽正好也在南京。
俗話說得好，火鍋就得在重慶吃，小龍蝦就得在南京吃！
嗯，這句話是我總結出來的⋯⋯但我本著走到哪裡就得吃到哪裡的
革命精神，晚上帶她一起吃小龍蝦。

幽幽面對小龍蝦居然打不起精神，只是一個勁兒地打哈欠。
我心說，這還是我認識的熬夜狂人外加吃貨胡幽幽嗎，就問她怎麼
了。
她說，凌晨三點多和顧彬吵架了，一早就坐飛機來南京出差，睡了
不到一小時，怎麼可能打得起精神。

我問她：「妳家顧彬不知道妳今天要出差嗎？」
她揉揉眼睛，說：「他知道啊，哎呀，反正我也是經常熬夜的主
兒，沒事。」

我說：「累點倒沒什麼，關鍵是和他在一起妳覺得開心嗎？」

幽幽沒回答。

2014年7月，我在上海的簽書會恰好在演唱會的後一天。

胡幽幽打電話給我：「盧思浩，我這兩天也在上海，咱們一起去看演唱會。」

我說：「我沒買到票，到時我們去體育館看看黃牛，碰碰運氣。」

她說：「就知道你沒買到票，別怕，姐有四張內場的。」

我忍住想要抱住幽幽大腿的衝動，在電話這頭說：「土豪，麼麼噠（*即親吻動作的擬聲詞）！」

但我沒能準時趕到體育館，到體育館時演唱會臨近尾聲，就和小裴站在場外等散場。幽幽手機打不通，我就給她發微信，說自己在出口等著。

演唱會結束半小時，我也沒有等到她，就拉著小裴去內場找她。

她就坐在原地，看著舞臺發呆，直到我叫她，她才回過神來。

看到我後她急忙道歉：「我一直在給外面打電話發微信。這訊號也太差了，硬是把手機的電給打沒了也沒打通一個，也不知道微信到底發出去沒。這不手機沒電，我又忘了你在哪兒等，就坐這兒發呆，想著你總會進來找我。」

說完還一臉欣慰地用力地拍了一下我的肩。

……

年底又碰上演唱會，胡幽幽又打電話給我：「盧思浩，這次的演唱會你去不去？」

我說：「幽幽，我窮得連住宿的錢都沒有……」

幽幽說：「哎呀，這麼不巧，我這次又買了兩張票。」

我在電話這頭豎起大拇指，一想不對她也看不到啊，就說：「土豪姐，要不妳把我的吃住和交通費給報銷了吧！」

胡幽幽在電話另一頭一字一句地說：「再！見！」

胡幽幽，我們倆之間深厚的友情呢？友情呢？

最後我還是沒陪她看演唱會，那天晚上我估摸著演唱會快結束了，就打了個電話給她。

幽幽秒接，一副幸災樂禍的語氣：「現在後悔了吧？」

我說：「還行，我就是看看妳的手機是不是又沒電了。」

她說：「還有70%呢，我壓根兒就沒拿出手機來。」

沉默半晌，她說：「姐給你唱一首〈聽不到〉怎麼樣？」

我說：「我擦，這首歌不是妳的死穴嗎，妳可別……」

沒等我說完，幽幽就唱了起來，唱著唱著就沒音了。

其實我知道，她想唱給顧彬聽，可是顧彬聽不到，於是這首歌只能變成她的秘密。

我的聲音在笑淚在飆，電話那頭的你可知道。

我的聲音在笑淚在飆，電話那頭的你不知道。

再次和幽幽見面，就是前兩天在成都。

她說：「盧思浩，我這些年看了這麼多演唱會，發現了一件事。」

我說：「難道妳終於發現自己是個土豪這個事實了？」

她一本正經地點點頭，說：「對，但是我還發現了另一件事。」

我忍住把芋兒雞糊她一臉的衝動，問：「什麼事？」

幽幽說：「你有沒有發現每次一看演唱會，手機和網路訊號就特別差，可平時到體育館的時候手機訊號又特別好？」

我嚴肅地點頭：「這裡面一定有科學解釋。妳看啊，訊號好了肯定會影響音響效果，音響效果差了吧就會影響演唱會效果——」

幽幽打斷我，說：「你說的這套一點也不科學，我覺得最科學的一定是大家都在發微信或者在打電話。」

然後她特認真地說：「你說會不會是因為大家都在打電話或發微信給重要的人，千軍萬馬都搶著這訊號，結果都沒能發出去。2014年

我看演唱會時就在想，那些一個人來看演唱會的人，其實很期望有人能陪著。那些想撥通的電話，那些想發送的語音，那首想讓對方聽到的歌，要傳遞的其實都是一句——我希望現在你就在我身邊。」

某年夏天，我也接到一個從演唱會現場打來的電話，我卻認不出那是誰的號碼。電話另一頭不停地問我聽得到嗎，最後說我聽不到你那邊的聲音，你也別說話，我把手舉高點這樣你就能聽得清楚些。每次看演唱會時，我都能看到很多這樣的場面，我自己也曾經是這些人中的一員。

只是我不知道，電話另一頭有多少人是在用心聽，又有多少人只是說句「我聽不到」，就把手機丟在了一邊。

我把眼前的風景拍給你看，我把我聽過的歌哼給你聽，我把我看過的書推薦你看。我要傳遞的訊息根本就不是眼前看到聽到的這些，而是我多麼希望自己的人生可以有你一起分享。

How I wish you were here.
可惜你聽不到。

幽幽說，2014年底那場演唱會，阿信說打電話給自己喜歡的人時，她卻決定不再掏出手機打給他了。

獨自看很棒的演唱會時，再也不會掏手機出來，一定要等到官方DVD發佈再和喜歡的人分享。因為那些幾乎要糊成一團光球的照片、根本聽不清是誰唱的音訊，和千軍萬馬一起爭奪衝出場館的微弱訊號，要傳遞的無非是一句「How I wish you were here」而已。

如今那個人已經不會再出現在我身邊了，他也聽不到了。
想分享的話也沒必要再說，他也不會再懂。

第二天一早，我去重慶，幽幽來送我。
我說：「土豪，下次看演唱會記得叫上我。」
幽幽說：「浩叔，下次記得給我唱〈小蘋果〉。」
我說：「千萬別，我已經決心告別歌壇了。」
幽幽說：「沒事，我唱歌也難聽，不也在顧彬面前唱完了一整首〈聽不到〉嗎？」
說完她又從口袋裡變出來一本歌詞本，說：「這次你來沒什麼禮物給你，前兩天抄了幾首歌的歌詞，就當禮物送給你吧。」

我翻了翻歌詞本，說：「幽幽，我們朋友這麼多年，何必這麼客

氣，下次送現金好嗎？」

胡幽幽一字一句地說：「再！見！」

和幽幽又聊了幾句，在車站告了別。

我坐在候車室，把幽幽給我的歌詞本翻了又翻，卻怎麼也沒能翻到那首〈聽不到〉。

我想，這首歌在胡幽幽的心裡還佔據著很重要的位置，但也終究翻篇了。

我能想像那天她一定是鼓足了所有的勇氣，才敢在顧彬面前唱這首〈聽不到〉。

我也能想像她在每個想念他的日子裡，都會一遍又一遍地聽這首〈聽不到〉。

有些吃的不是不好，只是不符合你的口味；有些文字不是不好，只是沒到或過了讀它的時候；有些人不是不好，只是時機不對。

在一起太早或太晚，都不行。

那時的我喜歡那時的你，如今的我依舊喜歡你，可我喜歡的是那時的你。

你看，你不是那時的你，我也不再是那時的我，感覺不能重來，錯

過了時機，就再也沒了機會。

我想把我所有的人生故事都分享給你聽，可是你聽不進去。
我所有的沉默背後都有無數的話想告訴你，可是你也不會懂我的欲
言又止。

臨上動車前，我給幽幽打了個電話。
我對她說：「幽幽，哥要走了，下次妳來蘇州，我請妳吃清蒸
魚。」
幽幽說：「算了吧，你們那兒的口味我可吃不慣。」
我說：「那記得幫我多吃幾頓芋兒雞。」

你會遇到很多人，然後為了某個人停下自己的腳步。
你愛他你等他你陪他，最後你的真心進了水溝，你讀不懂他的神
情，他聽不懂你的沉默。
你改掉自己的習慣，你改掉自己的口味，你變成了另外一個人，才
能懂踮著腳愛一個人太久會失去平衡。
然後你跌倒。

但你還得繼續往前走，就像幽幽找回了自己的口味一樣。
這世上總有人適合吃糖醋排骨，也總有另一些人適合吃芋兒雞。有

些人聞不得臭豆腐的味道，有些人卻對臭豆腐情有獨鍾。

每個人都有不同的口味，但總有一種口味適合你。

那些和千軍萬馬一起爭奪衝出場館的微弱訊號，大多能傳到，只是有延遲。

就像你能懂一些人的沉默一樣，那些在你沉默後藏著的聲音，欲言又止中藏著的情緒，總有人會聽懂的。

▶▶　BGM：　五月天〈聽不到〉

twenty　　　　　／ 自己選的，絕不找藉口 ／

1

老唐是個偏執狂。

他的偏執體現在自己的每一次繪圖裡。他學設計，有時常會把自己的設計圖給我看。我對這東西一竅不通，每次都是一頓亂誇。老唐聽完後不動聲色，幾小時後他又給我一個版本，我硬是沒有看出一點區別來。他發現之後不動聲色，又過了幾小時他給我看第三個版本。

如果知道結局回頭重來，那麼該犯的錯我大概不會再犯，要走的彎路也不會再走，要表白的人也不會再表白。因為知道結局，所以不去嘗試，可在犯錯之後才能切身地體會，走了彎路後遇到的人，表白後發生的故事，也就不復存在。過去的一切讓我變成今天的我，不管好還是不好，我都一併接受。

我能感受到電腦另一邊老唐期待的眼神，可我還是只能抱歉地說：
「老唐，我真的看不出來有什麼區別。」
老唐飛快地打了一行字：「你看左下角的字體！字體變了啊！」
我掀桌：「這他媽我怎麼看得出來！」

老唐就是這樣一個人，有時我們一起吃頓飯，他突然來靈感了就能拿起餐巾紙一頓畫。我最為佩服的是不管是什麼情況，他都能從口袋裡掏出一支筆來。

2

同樣偏執的還有捏捏。

捏捏是我一眾朋友裡年齡最大的，令人髮指的是他明明已經是三十歲的人，卻長了一張二十歲的臉。跟我們在一起毫無違和感不說，他還惡意賣萌，比如他叫包子包包，叫我浩浩。
第一次聽到他這麼叫我的時候，我很有一巴掌拍死他的衝動。
叫我浩叔！叔！直到後來我才發現，原來他比我大。

那些年和他一起畢業的同學，只有他還留在南京。有一天，他無意中提起身邊的朋友要麼就是混得好，要麼就是有所妥協，只有他自己還傻拉巴唧地留在南京，拚命寫稿，拚命想寫自己的第二本書。
他的第一本書尤為失敗，那是他積累三年的東西，卻被批得一文不值。

有一天，我們聚會，聚會就喝酒，喝酒就喝醉，醉了他就話多。那時他的書稿又被退了回來，他一邊大舌頭一邊破口大罵：「我去他他他他大大大爺，老子不不不寫了！不不寫了！」
第二天他起床歎口氣，又坐到電腦桌前開始改，怎麼看也不像要放棄的樣子。

很多時候我會覺得，夢想這東西，和厄運一個樣。

3

大概因為我是個獨處很久的人，我認識的人也大多在獨處中。

老唐有一天說想一個人住一陣子試試，轉眼就找了一個小房間，沒有客廳沒有廚房，二話沒說住了進去；包子則是一個人在北京住了很久；我也是，一個人住了快五年。

或許也因為獨處得夠久，我們都有各自的生活習慣。我喜歡看書；包子喜歡半夜喝杯紅酒再睡覺，如果身邊沒有紅酒，他寧可出門跑幾公里去買；老唐把學校圖書館當成自己家，不到天微亮絕對不回家。

偶爾會去基友的城市一醉方休，偶爾也會提到這麼多年的故事，偶爾也會說要不要放棄。

很多人都說堅持就好，堅持一定有回報，然而有時世界會很殘酷地告訴你，你不行。

我見過捏捏真心難過的樣子，失魂落魄。

我們都希望自己前程似錦，可我們都前路漫漫。

我知道他在問自己，要不要放棄，要不要等。

而我無力安慰他，只能等他自己給答案。

後來他告訴我當時他給自己的答案，只有兩個字：別急。

我知道的，你也不想等。

你害怕等，你怕等錯，你怕等不到。可有些事沒辦法，你就得等，就像你選擇了一條路，你沒辦法馬上知道結果。沒什麼，等待有時是一個人的必修課，等錯了，就從頭來；等不到的，就給自己個期限，到了就不再等。重要的是，不要在等待中不知不覺忘了等待的初衷。

4

不知道從什麼時候起，我的身邊充斥著各式各樣的論調。

感情世界裡，經常被問的問題不外乎兩種，一種是：「你喜歡她什麼？」「還是趕快分手吧！」「得了吧，看看現在的你和他，你們之間怎麼可能會有未來？」

另一種是：「你怎麼還單身啊？」「趕快找一個吧，你看看你周圍的人，你怎麼一點不著急？」朋友、長輩用一臉恨鐵不成鋼的表情看著你，你無奈地笑笑，甚至懶得去解釋。

你 等 的 人 等 你 的 人 ， 都 是 懂 你 的 那 一 個

我 最 喜 歡 你 ， 因 為 你 讓 我 活 得 最 像 自 己

笨　拙　的　人　愛　你　的　方　式

多　遠　都　沒　能　在　一　起

因　為　你　也　在　去　往　這　裡

久　處　之　後　依　然　心　動

願 我 們 在 彼 此 看 不 到 的 歲 月 裡 ， 熠 熠 生 輝

然後你會發現，問你這些問題的人，其實並沒有好好地瞭解你。

當你在做一件事情的時候，他們開始問你：「你做這些有什麼用？」

看那麼多書有用嗎？畫那麼多圖有用嗎？每天晚上背單字有用嗎？每天花時間去健身有用嗎？偏偏有時候一些事情的成果無法在短期內看出來，另一些事情可能永遠不會有他們想要的成果，於是他們告訴你，放棄吧。

可我好不容易才找到自己喜歡的生活節奏，為什麼要改變它？

很多人都把努力看成一個短期回報，當短期內沒有獲得回報時就放棄了。其實不是，努力是一個長期的過程，有很多你之前經歷的事會在之後顯現出價值。只是它什麼時候顯現出價值，誰也說不準。

別急。

5

你一定也聽人說過，放棄吧，不要再繼續了。讓你真正難過的是，你不得不承認他們說的是對的。那為什麼還要堅持？

我見過很多人，他們都有著不為人知的堅持。他們從不去追尋這樣的堅持有多麼偉大的意義，他們樂意分享也樂意傾聽，從不武斷地給別人的生活貼標籤。

這樣的人讓人歡喜，也讓我明白了很多時候不是他們不懂，而是他們早就明白所謂的成果、所謂的回報，不一定要符合別人的標準。而他們的共同點都是，他們熱愛自己現在的生活。

你著急嗎？你熱愛自己的生活嗎？你想過放棄嗎？
那麼讓你從頭再來，你還堅持同樣的選擇嗎？

為什麼還在自己選的路上堅持？因為除了你以外，沒人可以給你的人生蓋棺論定，走到最後的人才能看到答案。這答案或許好或許壞，放棄的話，你可能永遠找不到答案。也許我們都是螢火蟲，自己的光跟世界比根本不值一提，卻能讓身旁的人覺得安心，這樣就夠了。

最難的其實是不辜負自己，所以我絕不浪費我現在擁有的，有些事是我跟自己約好的，和任何人無關。傻╳了，撞牆了，自己選的，絕不找藉口。

▶▶　BGM：Eminem　*Lighter*

　　　　　　/ 笨拙的人愛你的方式 /

兩個有關暗戀的故事。

說起青梅竹馬這回事,我沒有任何發言權。我因為搬家太頻繁,在這件事上從一開始就輸在了起跑線上。

對於青梅竹馬這回事,老錢的故事就比我豐富得多。

老錢在穿著開襠褲時就認識了郭婷,那時他一點都不喜歡郭婷,因為郭婷從不愛和他玩。

你翻山越嶺披荊斬棘，卯勁兒把自己變好；你心事重重小心翼翼，做很多他／她不知道的事；你一路飛奔默默關心，藏起自己。你想優秀到可以堂堂正正站在喜歡的人面前，說句「我喜歡你」。到頭來你戰勝了自己，千言萬語卻化成一句「你好」。有時喜歡就是這樣，若無其事的問候背後藏著的所有，只有你自己知曉。

我插嘴，這不是廢話嗎，老錢，你從小就是個大胖子。

老錢瞪我一眼，說，快閉嘴，聽我和你說接下來的故事。

郭婷越是不愛和他玩，他就越想要和她玩。他越是表現得想和郭婷玩，郭婷就越是討厭他。在六歲時，老錢已經明白了一個真理：女人有時候是無解的。

老錢七歲時搬到市裡上小學，沒想到踏進教室見到的第一個人就是郭婷。那時老錢正苦惱著怎麼和一個陌生的班級打交道，突然出現的郭婷在他眼中成了仙女下凡。

老鄉碰老鄉，老錢一激動就對著班裡其他人說：「郭婷我從小就認識，誰都不准和她玩！」

這句話便是郭婷在小學時再也沒搭理老錢的原因。

鑑於郭婷的個性，我想，那時她心裡一定在想：憑什麼老娘只能和你玩？！

小升初，兩人又分在了一個班。

老師讓大家排隊，按照身高排座位。老錢那時還沒發育開，正好和郭婷一般高。老錢還耍了個小心眼，算準了位置，如願以償地和郭婷同桌。

老錢現在還總說這件事，總唸叨：要是我現在還有當時的智商，還愁會被當？

我說：老錢，依我看，那是你這輩子最機智的時刻了。

兩人是同桌，但郭婷還是不愛搭理老錢。

郭婷和老錢坐同桌後的第一件事就是畫分界線，老錢每次越線就被郭婷用尺子一頓亂打。老錢剛開始總越線，想逗郭婷，可實在禁不住尺子的一頓亂打，倒也老實了。

郭婷在初二的時候喜歡上隔壁班的班長。那班長是個大高個兒，老錢在他面前矮了一截，瞬間沒了氣勢。

為此老錢天天逼著自己喝牛奶，而不久前牛奶還是他最討厭的東西。

但真正讓老錢苦惱的事情，絕對不是自己的身高，而是情竇初開的郭婷。

情竇初開的郭婷，瘋狂迷戀上隔壁班的班長，以及班長喜歡的所有東西。這可急壞了什麼都不懂的郭婷：艾佛森是矮的那個，柯比是高的那個，姚明是最高的那個，麥格雷迪是眼睛永遠睜不開的那個⋯⋯欸？為什麼賈奈特長得和柯比一模一樣！

⋯⋯尼瑪，賈奈特哪裡和柯比長得一模一樣了！

作為從沒看過且對籃球毫無興趣的郭婷，為了能和隔壁班的班長有共同語言，沒辦法只得請教同樣喜歡看籃球的老錢。

老錢一開始拒絕了，心想讓郭婷和別人玩就算了，怎麼可以把郭婷推向別人？！但老錢看著郭婷的表情，實在不忍心，歎口氣把一本籃球雜誌扔在了郭婷面前，說要瞭解NBA就先從《籃球先鋒報》開始吧，以後有不懂的再問我。

要命的是，老錢在那一刻明白自己已經徹底喜歡上了郭婷。

人這生物最奇怪的就是：你永遠不知道自己多喜歡一個人，直到看到她愛上別人。

沒辦法逆轉。

老錢和隔壁班的班長是截然不同的人。

隔壁班的班長的青春是熱烈是激情，是校隊隊員，是曬不黑的高個子，是郭婷心目中的焦點。

老錢的青春是平淡是沉默，是無名小卒，是黑皮膚的矮個子，是郭婷不在意的角落。

你愛的人愛你時你是全世界，你愛的人不愛你時世界都和你沒關係。

老錢和郭婷的高中是初中直升，兩人成績相近，又分在了一起。

兩人成了名副其實的青梅竹馬，兩人的關係比剛進初中時好得多，自從郭婷開始向老錢請教體育問題以來，兩人漸漸什麼話題都聊。

但郭婷說得最多的，永遠是隔壁班的班長。這時老錢長開了，初三那年一下長了十公分。

這時，郭婷和老錢講話已經需要稍稍抬起頭了。

老錢終於長到了想要的個頭，他倆之間的那道坎卻沒辦法跨過去了。

高一那年，老錢坐在教室的倒數第三排，郭婷坐在第二排。郭婷每次下課都會坐到老錢旁邊，兩人一起討論今天的比賽。不知道他們情況的人，一直以為他們是情侶。

不知是有意還是毫不在意，郭婷也從來不去澄清。

直到高三那年，她和隔壁班的班長走到了一起。

大學，兩人終於去了不同的城市。

老錢常說自己不能一抬頭就看見郭婷，挺奇怪的。這也難怪，從小學一年級起，整整十二年，老錢都能夠一抬頭就看見郭婷。

郭婷趴在桌子上睡覺時一定會把臉朝向右邊，郭婷難過時一定會捏兩下自己的鼻子，郭婷看到喜歡的東西時一定會先深吸一口氣，郭婷撒謊時一定不敢直視對方的眼睛。

這些習慣，除了從小和她一起長大的老錢，或許沒有人能注意到。

大二那年，郭婷去南京找老錢。

郭婷一路上有說有笑，但老錢還是能察覺出來郭婷的不對勁，只是老錢什麼都沒問。

那天老錢陪了郭婷一通宵，第二天郭婷就回去了。

郭婷走了之後，老錢才在微博上看到了郭婷分手的消息。

老錢立馬買了車票，站了五個小時，去往郭婷所在的城市。他一路狂奔，終於到了郭婷的學校。這個看到消息下一分鐘就買車票，二話沒說就奔向郭婷大學的老錢，卻在校門口猶豫了。

後來老錢又一個人跑回了南京，沒有告訴郭婷。

那時我聽到這裡，沒忍住直接罵了他一句：「喜歡她幹嘛不說！」

老錢說，因為我瞭解她啊，我和郭婷從小一起長大，她喜歡一個人時的眼神，我一眼就能看出來。

我從來沒有在那個眼神裡住過。

另一個故事，發生在墨爾本。

我剛上大學的時候有個姑娘對我特別好，好到每天給我帶早餐。好在我天資聰穎，很快就發現了她喜歡的是我室友，但又不好意思只對我的室友好，於是就把我的早餐一起做了。

當然讓我有這一重大發現的原因，是姑娘每次都給我的室友多加一個雞蛋。
渾蛋！為什麼不順便多給我一個雞蛋！

因為知道了姑娘的用意，我也很不好意思就這麼吃著，找個時間請姑娘吃了頓飯。吃飯時，我說喜歡我室友只要給他做飯就好了，不用給我做，怪不好意思的。姑娘說，你千萬別拒絕，這樣他就會看出來了。
我摸摸肚子想了想，既然如此那就暫時不要拒絕了。

付出這種事分很多種，有的人掏心掏肺把自己都扔進去，聲勢浩大氣勢如虹；有的人小心翼翼，為了不讓他看出來自己對他好，她選擇了對他身邊所有的人好。

這兩種說不上哪種更好，前一種很有可能就修成了正果，但也很可能對方不想要，你的付出既挖空了自己又拖累了別人，總之這是一種高風險、高回報的付出方式。

第二種的成本就小得多，不至於到頭來連朋友都做不成，但風險小的另一個結果就是回報小，很可能讓你付出的那個人，到最後也沒能發現你喜歡他。

姑娘選擇的就是第二種。

室友的行蹤經常飄忽不定，連我都不知道他每天都去了哪裡。有一天半夜他喝醉，打電話給我的卻是姑娘。等我趕到時，室友醉倒在麥當勞對面的草坪裡，手裡還拿著咬了一口的漢堡和撒了一地的薯條。姑娘蹲在他旁邊，打著一個又一個電話。

我心想，人都醉成這樣了，居然還有心思買個漢堡套餐。

姑娘看到我來了，趕緊叫我過去，我們兩人合力把他搬上了計程車，她轉頭就走了。

我趕緊叫住她，問她，妳要去哪裡？姑娘說，你來了就好，我回家

了。

我說：「要走就一起走啊，我先送完他再送妳。」

姑娘說：「沒事，我家就在附近，你記得讓他多喝點水。」

很久以後我才知道，姑娘家根本就是在另一個方向。

第二天這傢伙酒醒了直喊頭疼，完全不記得昨天晚上是怎麼到的家。

我剛想告訴他是那姑娘送他回來的，可想到了姑娘平日的種種，又覺得這話不該我替她說。

室友白天清醒的時候，倒是一個愛看書的人。他看的書五花八門，從嚴肅文學到色情小說，從日本文學到歐美文化，什麼都看。有一天，姑娘來我們家，室友正好有事出了門。姑娘對著書櫃看了很久，我問她，妳盯著這些書這麼久，是看到什麼喜歡的了嗎？

姑娘兩眼放光地問我：「欸，你說哪些書是他看的呀？」

我花了一會兒把他看的書分了類，姑娘又呆呆地看著書名很久。

我問她：「妳這是在看什麼呢？」

姑娘說：「我要把他看的這些書都看完，還有他平時都喜歡什麼歌，你跟我說說。」

我又花了一段時間，想了想我們平時唱歌時我室友常點的歌，列了個歌單給她。

姑娘拿著歌單問我：「你說我聽完了這些歌，是不是能更接近他了？」

我問：「妳準備什麼時候告訴他妳喜歡他？」

姑娘說：「等我看完了這些書，等我聽完了這些歌，等我覺得我能懂他的時候。」

姑娘說這話的時候一臉笑容。

千千萬萬個你以為，故事偏偏給你一個沒想到。

室友在我大二的時候轉了學，去了另一個城市，說遠不遠說近不近，坐車要四個小時。走之前姑娘來幫忙收拾東西，我在一旁示意她今天再不表明心意以後就晚了，可姑娘對我視若無睹，一門心思地幫忙收拾。

什麼也沒做，什麼也沒說。

第二天一早姑娘敲門給我帶了早餐，說自己想去他在的城市看看他。

我說這敢情好，妳終於要表明心意了。

姑娘給了我一個我讀不懂的表情。

一個星期後姑娘回來了，給我帶了一堆吃的。我邊吃邊問故事進行

得怎麼樣了。姑娘說我去了他的學校，我跟他見面了，我們一起喝了個下午茶，然後我就自己玩了幾天。

我問，就這樣？然後呢？

姑娘說，就這樣。

室友先我一年畢業，回國結婚去了，在我還在頭疼寫著論文時，他在朋友圈曬起了結婚證書。

姑娘一直沒戀愛。

姑娘生日在室友結婚後不久，我也去了。

姑娘抱著一大疊書擺到我面前，說這些是我沒能看完的書，就送給你吧。

我低頭，這些書也曾經擺在我們家的書櫃上，一模一樣的名字，一模一樣的版本。

姑娘說起那時去找他的故事，說她本來想在喝下午茶的時候跟他說，說她本來想假裝不經意地說出那些書裡的典故、說出那些自己平時聽的歌，可她發現原來自己還是不懂他。

我突然想起老錢的故事，對她說，我有個朋友和妳一樣，明明喜歡卻打死不說。你們這些陷入愛情的人就是矯情，不管怎麼樣先表白再說啊。

姑娘說，有些人你能遇見，就是沒法在一起。有些人你明明喜歡，卻不知道該對他說什麼。如果不能並肩同行，那假裝路過也是好的。這就是我們這種笨拙的人的戀愛方式。

我記得高中畢業那年，老錢這輩子第一次也是最後一次為郭婷唱歌。老錢唱的是周杰倫的〈晴天〉：「為妳翹課的那一天，花落的那一天，教室的那一間，我怎麼看不見，消失的下雨天，我好想再淋一遍。」
然後老錢唱：「從前從前有個人愛你很久，但偏偏風漸漸把距離吹得好遠。」

如果不能並肩同行，那就假裝恰好路過，雖然你不知道這恰好的路過背後，是向著你的方向一路飛奔。

我知道我愛你，可我知道你等的人不是我。
所以即使今天坐在你身邊，也不敢對你說「我愛你」。
所以千言萬語，不如都化為沉默。

這就是我們這種笨拙的人，愛你的方式。

▶▶　BGM：　周杰倫〈晴天〉

twenty-two

/ 陪伴是最好的安慰 /

冬天那陣子我跑完活動想著應該做點什麼充實自己，老陶跟我一樣也處於假期中。另一個基友老劉說自己要考證照，最近天天都窩圖書館。

我說：「圖書館什麼的太沒意思了，在家也能看書啊。」

老陶說：「我要拿電腦畫畫，把電腦搬去圖書館太麻煩了。」

基友說：「那個，圖書館裡的姑娘都還不錯啊……」

老陶說：「反正有車嘛，這麼多路也不是很麻煩。」

我說：「我在圖書館看書效率最高了！」

總是見了匆匆一面卻又揮手告別。打聽好好友去了哪個城市，約好找個時間去那個城市喝酒，只有這時才發現，最好的時刻是你們奔往同一個城市相聚的那一瞬間，哪怕趕路也讓人歡喜。有些人就是這樣，生活在不同時區也不會有時差，你們是彼此的安慰。

於是鏘鏘三人行，我們開始了天天窩圖書館的日子。

最不能集中精神的反而是老劉，我和老陶笑話他。老劉痛定思痛，拍案而起，說：「從現在開始，誰先離開座位誰就輸一百塊！」

我輕蔑一笑，我是那種看書不看完就渾身不舒爽的人，這還不簡單。

老陶輕蔑二笑，他是那種一畫起畫來整個世界都能消失不見的人，這還不簡單。

老劉默默地拿出一瓶1.5升的芬達放在我眼前，說：「計時開始。」

我說：「你放一瓶芬達，這居心太叵測了。」

老劉輕蔑一笑，說：「那你就忍著別喝啊！」

我心想為了一百塊，忍就忍！

一小時後我去了廁所，輸給老劉一百塊。

我不服，說明天我們繼續賭，誰都不准帶飲料。

第二天，老劉帶來一包蝦條。

一小時後我去洗了手，輸給老劉一百塊。

第三天，我贏回一百塊，因為老劉在圖書館遇見自己前女友，嗖的一下就沒了影。

我和老陶在圖書館樓下找到老劉，安慰他：「不就遇見前女友嗎？抬起頭挺起胸面對她。」

老劉沒說話。

老陶繼續安慰他：「我們晚上一起去喝酒，這都是小事。」

老劉沒說話。

我說：「你先把一百塊給我。」

老劉憤然站起：「你大爺的！」

我說：「你一百塊都不給我！」

老劉年前失戀，姑娘和他是老鄉。大學同校，見過家長。姑娘說想去上海，老劉說，沒關係，我去考證照，我也去上海。姑娘說，不

是這個問題；老劉問，那是什麼問題。

姑娘沒說話，兩人就這麼分了手。

分手後，老劉開始窩圖書館，分手第一週，他把我和老陶拉來了圖書館。

然後他遇見了自己的前女友。

隔天老劉沒有出現在圖書館裡。

當天他給我們發訊息，讓我們陪他去上海。老劉在上海待了四天，白天都不讓我們跟著，一個人去陸家嘴，晚上回旅館倒頭就睡。

離開上海那天晚上，老劉說：「其實我白天都在陸家嘴辦公大樓前坐著。」

老陶說：「就算辦公大樓能看到姑娘也不至於這麼癡漢吧。」

老劉說：「閃邊去！我仔細想了想，我以後也想來這裡，我想讓她看得起我。」

我說：「你這麼自我催眠是沒用的，姑娘根本不是因為這個原因跟你分手的。姑娘離開你的時候就已經不愛你了，就算你證明給她看又有什麼用，對你不屑一顧的還是不屑一顧。你看看你來圖書館這麼多天了，她又不是沒看到你，她看過你一眼嗎？」

老劉很篤定：「我不管，我就是想爭這麼一口氣。」

我和老陶對視一眼，說：「好，咱就爭這麼一口氣。」

老劉點頭，接著塞給我五塊錢，說：「盧思浩，你幫我去樓下買瓶
水吧。」

我正好自己也想買水，就接過錢準備下樓。

老劉看我起身，一臉微笑說：「一百塊！上樓給我。」

你大爺的，這遊戲不在圖書館也能繼續嗎！

很快過年了，年初二那天我還在走親訪友，老劉打電話問我要不要
去圖書館。

我說：「你大爺的，要不要這麼拚命？」

老劉說：「今天圖書館的人很多喲，很多妹子喲。」

我說：「廢話少說，隨後就到。」

那天起，我連續十天輸給老劉。

我很少看到他這麼認真，低頭做題，目不斜視，毫不給我讓他離開
座位的機會。

快過元宵節時我飛回墨爾本，老劉還有半個多月考試。

我去圖書館跟他告別，對他說：「要是考不過就得給我把錢都還回
來。」

3月底，老劉考試結束，給我發了訊息，說自己沒考過。

老陶在群裡說：「別廢話，晚上我陪你去喝酒。盧思浩，你埋單！」

我說：「臥槽，我在墨爾本，你還要我埋單？支付寶轉給你啊！」

老陶輕描淡寫：「當然了。」

那天他倆喝得大醉，醉到沒有給我發訊息。

第二天老劉給我發訊息，說自己最難過的時候不是知道沒考上的時候，考不上大不了再考。而是剛開始窩圖書館的時候，他不知道自己做的有什麼意義，也不知道自己能不能堅持。直到他看到自己的前女友，心裡頓時炸了，心慌意亂，一片荒蕪。老劉說，其實他就是想看看自己堅持一件事能堅持多久。如果是他一個人，可能他已經放棄了；如果是他一個人，可能他也不會去上海。

我一頭黑線，回：「你酒精上頭了嗎？這麼矯情的話不像你的風格啊，兄弟。」

老劉說：「老子這麼真心實意，那錢你還想不想要了？」

我唱：「你快回來，我一個人承受不來……」

老劉一字一句地說：「我！先！撤！了！再！見！」

我和基友們的相處模式就是這樣，忙起來彼此都忙，空閒時吐槽聊

天不怕生疏。

這些年我和他們見面的時間越來越少，總是匆匆一面又揮手告別，各奔東西是成長必經的命題。但只要有基友在，哪怕陌生的城市也熟悉。於是我們約好去一個城市喝酒，趕路都讓人歡喜。

我曾經被出版社趕出門過，基友們聚到我家給我煮了泡麵，什麼也不提，陪著我在家裡拿著音響放歌，自娛自樂到凌晨。

我們曾經集體失戀，難過時我們去投奔還在南京的老劉；老劉二話沒說，包吃包住，吃的喝的都管夠，吃到他瀕臨破產。

我們都會遇到各式各樣的煩惱，哪怕人在身旁也不知道從何安慰，直到後來才明白，種種安慰不如陪著，有人在聽你說話；千言萬語不如一醉方休，有人陪著一起醉。

有時你會遇到下雨天，我們沒辦法闖到你的世界裡給你撐傘；有時你會遇到曲折路，我們沒辦法代替你走完這條漫漫長路。有時好友碰壁卻不知怎麼安慰，千言萬語都顯多餘，那就陪著，陪伴本身就是這世上最了不起的安慰方式。

給所有我的小夥伴。

▶▶　BGM:　Valentin　*A Little Story*

twenty-three

/ 我最喜歡你，因為你讓
我活得最像自己 /

芋頭剛遇上小新的時候，剛從一個火坑裡爬出來，暫時沒有談戀愛
的心思和準備。而且芋頭這個人有個典型的毛病，就是喜歡的男生
都是同一類型。我一點沒看出來醜脏的小新在這方面跟她喜歡的男
生類型有什麼聯繫。

芋頭在生人面前就是典型的死人臉，愛搭不理。他倆第一次吃飯，
興許是芋頭氣場太強，小新硬是沒敢說上幾句話。
也因為這，幾個月後小新正式和芋頭在一起的消息傳來時，我還被
小小震驚了一下。我還好，大頭的反應是瞪目結舌、不可思議，我

兩人要保持長久的相處，需要的是互相傾聽、互相吸引和精神平等。可以有分歧，但也會理解對方；你們可以有不同的追求，但也都真誠地為對方鼓掌；可以互相吐槽，但不會心存芥蒂。他有成就你發自內心地開心，他落魄你陪伴身邊。而不是總要踮著腳怕低他一頭，尖酸刻薄，自我中心，步步為營和小心翼翼。

們都難以想像小新是怎麼樣hold住芋頭的。

要說芋頭也不是從一開始就是現在這個性格，造成她如今性格的一大原因就是她的初戀。她和初戀從高中在一起，大三結束。幾年裡，芋頭幾乎一年一個造型，大一她學起穿高跟，大二她留起中分，到大三他們分手，芋頭已經完全被打造成了她初戀喜歡的樣子。

但她初戀還是毅然決然地跟她分了手，跟小三遠走高飛相親相愛，最好這兩個人永遠在一起，不要再來禍害他人。芋頭從此開始保護

起自己，越來越十項全能，渾身散發著生人勿近的氣息。

這個幹練的姑娘，和當年那個穿著運動鞋跑天下的芋頭全然是兩個模樣，找不到絲毫共同點。

那之後芋頭也斷斷續續談了幾場戀愛，但都無疾而終。有時芋頭也歎氣，說不知道為什麼，想著乾脆繼續擺出一副死人臉，避免結束那就直接避免開始得了。
看著她和小新在一起了，我耳邊還能迴盪起芋頭說的這句話。

有一天聚會，我問芋頭：「妳喜歡小新什麼？」
芋頭沒有正面回答，說：「下回我們幾個一起吃飯，你見了就知道。」
我說：「你們的愛意這麼明顯？」
芋頭說：「你這麼聰明一定能體會到。」
我點點頭，說：「有道理……」心想，芋頭果然會說話，不愧是女神。

一週前，我約上小新和芋頭一起吃飯。
小新看起來絲毫沒變，芋頭也是，但我很快就發現了芋頭喜歡他什麼。

我和芋頭認識太久了，久到她在我面前該是什麼樣就是什麼樣。作為一路看著她改變的人，不管她的外表變了多少，性格加了多少強勢，我們聚會時還是該吐槽就吐槽。

如果你跟芋頭足夠熟，你會發現其實她最愛的不是那些抒情歌，而是〈最炫民族風〉。

如果你跟芋頭足夠熟，你會發現她是最標準的外冷內熱。

初戀後芋頭談戀愛，大多端著，倒不是說她喜歡這樣，而是她不知道怎麼表現完全的自己。也怕自己真實的一面會把對方嚇跑，她太明白後來喜歡她的人，大多喜歡的都是她表現出來的樣子。

她不想再體會一次不知所措，她開始習慣對一切先遠遠地看著，這樣才能看得清楚。所以她後來談的那些戀愛，她都告訴自己再等一會兒，再等久一點就把自己全部的樣子表現出來。可每當她準備投身進去時，對方說原來她不是他喜歡的樣子。

一起吃飯其實就能看出很多端倪，生活的細節能反映出兩人的相處。

我和她以及她前男友也吃過一次飯，能看得出來芋頭也是開心的，但終究還是缺了些什麼。

那時我突然明白芋頭缺的那種感覺是什麼了，是隨意。

隨意開玩笑，隨意吃喝，一點都不怕展現出自己的另一面。

高冷大多因為不熟，沉默大多取決於和誰相處，灑脫背後藏著不捨，能讓你看到全部的，都基於信任和感情。

因為信任，所以敢於讓你看到每一個樣子。

因為感情，所以彼此吐槽也不怕你轉身離開。

理智的人也有想任性的那些時刻，不是真的想任性，只是想偶爾放鬆一下；

一本正經的人內心也會有個小孩，都會不自覺地在愛的人面前展現出幼稚耍賴的模樣。

我最喜歡你，因為你讓我活得最像自己。

▶▶　BGM:　王若琳　*Can't Take My Eyes Off You*

twenty-four　　　／ no zuo no die why you try ／

包子每次找我，一定都會跟我先找吃的，再開始聊天。我們每次找吃的，一定不是烤翅就是火鍋。

這對我是一件好事，也是一件壞事。好在我非常愛吃，壞在我不像他那麼能吃辣。

不能吃辣對我這個吃貨來說是一種天生的懲罰，而包子就是在這個傷口上撒上一把鹽的人。我愛吃火鍋，但我每次都點我能吃的辣度，這樣我才能吃飽。包子也愛吃火鍋，但他每次都會點最辣的，於是我只能在一旁忍著想吃的衝動看著他吃得不亦樂乎。

飛蛾撲火時不見得不明白前面是火，其實後果如何都知道。人自尋死路起來，都是無解的，非得死一次才行。很多事情你以為是為了他做的，其實你是為了自己。哪怕是死路，也要走。撞得鼻青臉腫才好，不然總覺得不甘心；看到是死路才願意轉彎，不然總覺得前頭有希望。

因為包子特別特別愛吃，又沒有我這樣吃不胖的體質（沒錯，我就是在得意，他最胖的時候胖到了九十公斤。）

那天我和包子一起吃宵夜，我為了防止包子點最辣的，就一把搶過菜單亂劃一通。等我叫來服務員要點菜的時候，突然想起包子還沒看過菜單。

我過意不去，問他：「我給你點幾隻最辣的烤翅，你要吃幾隻。」

包子說：「兩隻。」

我疑惑：「就吃兩隻？」

包子說：「對，而且我不要辣的，給我兩隻孜然味的就行。」

我大吃一驚，嚴肅起來：「包子，發生了什麼事你就說，千萬別跟你的胃過不去。」

包子撇嘴，說：「這事你知道，就是我的明信片都給退回來了。」

我問：「就是你寄給你前女友的那些明信片？」

包子面無表情地點點頭。

我歎氣：「no zuo no die（*網路用語，音譯不作不死，意指自討苦吃，活該倒楣）why you try, you try you sad you huo gai。」

包子說：「I zuo I die wo huo gai, bu zuo bu die xin bu gan.」

我說：「活該你現在死去活來。」

包子說：「沒辦法。」

包子和他前女友是因為我認識的，他倆在我生日時看對眼，當天就聊得興起，不久後就在一起了。

姑娘一米七二，大長腿；包子一米八七，從小就個兒高。這樣的身高搭配走在人群中十分顯眼，倒也匹配。包子吃辣，姑娘更能吃，他倆在一起之後，我就再也沒有和他們一起吃過飯。

不是不想和他們吃，實在是不能吃辣，人應該對自己好一點。

那時包子稍微瘦了些，但還是顯胖。他倆在一起之前，包子從不在意自己的體重。他倆在一起之後，包子破天荒地開始減肥，作為他

朋友中為數不多的瘦子，他每天拉著我去健身房陪他跑步。

我說：「包子，我真的沒有辦法教你減肥啊！」
包子說：「那你也得陪我跑，你這種吃不胖的人就該陪我這種一吃就胖的人一起運動，否則怎麼解我心頭之恨！」
我一想也對，雖然我不能吃辣，但是我死吃不胖啊！
果然老天還是公平的。

那時我們都打賭，我賭包子不能堅持超過二個月，老陳更狠，說包子堅持不了一星期。
後來我們都賭輸了，包子堅持了整整十四個月。
我們認識包子都快十年了，他減肥的口號每年都可以高喊幾千次，但他每次堅持了兩天就會管不住自己的嘴。到後來不光是我們，就連他自己都對自己的體重選擇性放棄了。

我一想包子突然減肥肯定是因為姑娘嫌棄他胖了，一問果不其然。
包子說：「姑娘覺得我瘦點更好，而且你看我們倆現在走出去一點都不協調，我還是得瘦點。」
我心想，愛情的力量果然不可思議，居然能讓包子減起肥來。
媽的，我也要談戀愛！

這些年我見了很多人，每個人都有自己的生活習慣。然而形成慣性之後，這些習慣就跟頑固的石頭一樣，無法改變。換句話說，如果有人可以讓你改變你的生活習慣，那麼那個人在你心中一定很重要吧。

所以那時我確信，包子遇到傳說中的真愛了。

十四個月以後，包子瘦成了正常水準。別說，小夥子瘦下來還挺帥。戀愛談到第二年，包子大學畢業，畢業算是個分手高危期，包子毅然決然地選擇了用自己的方式度過高危期：求婚。
那時我在坎培拉，心嚮往之身不能至，只得錄個視頻給他加油。

包子藏不住自己的心思，姑娘很快就察覺了包子的心意，連夜打了個電話給我，說：「我不知道我應不應該答應包子。」
我說：「當然要答應啊！包子多愛妳！」
姑娘說：「我知道，但我真的需要一點時間考慮，你能不能勸勸包子，給我點時間想想。」
我說：「這個我勸不了，要說妳自己說，答應只能妳自己答應，拒絕也只能妳自己拒絕，我們旁人幫不了。」

後來跟姑娘聊了很久，算是明白了姑娘的心意。我有點心疼包子，就給包子打了個電話。

包子剛接起電話就說：「浩子，你給我的視頻我收到了，棒棒噠。我現在有個非常完美的計畫，她肯定沒法拒絕，你聽著啊！」

他滔滔不絕地跟我說了半個多小時，我硬是沒能插上嘴，也不知道應該怎麼開口。

掛電話前，我試探性地問：「包子，你確定姑娘的心意嗎，要不要緩緩？」

包子說：「放心吧，沒問題的，過年時我們不是見了彼此的父母嗎？我媽可喜歡她了，她爸媽我也見過呀，我覺得這事肯定能成，你就等我的好消息吧。」

包子說到這份兒上，我只能沉默，掛了電話給姑娘發微信：他真的很愛妳，你們的事情我無法插手，但請妳給他一個交代。

然後整整兩個月，我沒有聽到他的消息。

我不知道包子這兩個月去了哪裡，只知道他在消失前給我們發了訊息，要我們不用擔心。

我們怎麼可能不擔心，但他猶如人間蒸發，辭了工作，手機辦了停機。

我跑去問姑娘，姑娘說：「我們分手了，他說需要時間冷靜一下，也希望你們不要怪我。」

姑娘說，自己家裡不同意自己這麼早結婚，所以只能分手。

事到如今，我也不想知道姑娘說的是真是假，只擔心包子的情緒。

好在兩個月之後，包子在群裡出現了。

我急問：「你去哪裡了？」

包子說：「我一個人跑了很多地方，然後拍照給她匿名寄明信片了。」

我說：「你跑了兩個月？不要工作了？當年千辛萬苦找的工作，如今說放棄就放棄嗎？」

包子說：「沒事，我正好也想換工作。」

我緩了一下心情，說：「你覺得你這麼做有意義嗎？你覺得她會收到嗎？」

包子說：「我不知道。」

時間回到今天，包子告訴我，他的明信片被退了回來。

我不知道這對包子來說是不是好事，如果一直沒有被退回來，至少可以假裝姑娘看到了。可是被退回來了，只能說明姑娘要麼是沒看到，要麼就是不領情。

無論哪種，我都沒辦法安慰包子。

我停下吃火鍋的手，問他：「被退回來了，就別再多想了。」

包子說：「不行，我還有幾個地方沒去玩，我得去。」

我說：「你是不是傻？是不是？你辭職了還不夠？你去了那麼多地方還不夠？你省下來的錢就該這麼花嗎？要是你們之前約好去國外，你是不是也去？」

包子說：「去。」

包子說：「我記得以前你寫過一句話，只是不太記得了，大概是想要去的地方，要自己站在那裡。放心吧，我是為了自己才去的，是為了自己的念想，和她無關。」

後來我想起我寫的是：走了多少路，看了多少景，渡了多少河，才能走到你想要去的地方。別人不知道，世界無所謂，但這都沒什麼。想要看的風景，總得自己親眼去看看，哪怕這風景沒人在意；想要去的地方，總得自己站到那裡，哪怕這地方靜寂無聲；想要遇到的人，總得努力站到她面前，哪怕最終擦肩而過。

或許我們都是偏執型人，不作不死。

有一次在南京簽書會遇到個姑娘，讓我寫了一段話給她的前男友，那段話是這麼寫的：「願你找到那個可以讓你覺得溫暖、可以陪你到世界盡頭的人。」

因為我太喜歡這段話，以至於我到現在都還能記得姑娘的神情。

為了喜歡的人排隊，就是給他一個禮物，希望他會喜歡，但不奢望他會回來。

很久以前我不明白為什麼，後來有點懂了。

包子的故事在耶誕節迎來了結局。

他風塵僕僕，穿山渡河，一個人走過本該是兩個人去的地方；他拍了照片，寫了明信片，卻沒有再寄出去。

那些照片被他放在陪著他旅行的包裡，遺忘在路上；就像他曾經的故事，走著走著就放下了。

自尋死路的人分兩種，一種是不知道自己在自尋死路，尋著尋著就死了；另一種是知道自己做的事情沒結果，但依舊在做。我們總以為大多數自尋死路的人都是第一種，其實大多數人都是第二種。

我喜歡你，所以我想對你好，但你不必給我回應。

我喜歡你，所以我答應你的要做到，但你不必知道。

因為我們沒法在一起，所以你可以假裝聽不到。

因為我們沒法再在一起，所以所有的故事我都會留在心裡。

永遠不要覺得自尋死路的人沒救，他們大多給自己畫了底線，只是還沒到。

等到了那個底線，心也就死透了，我也就不欠你什麼了，更重要的
是，我不再欠自己什麼了。

就可以把你放在心底了。

然後，就可以告別你了。

▶▶　BGM:　Taylor Swift　*Blank Space*

twenty-five　　　　　　　　　　　/ 畢竟真心陪伴過 /

大頭上個月衝到我面前直喊：「我今天去相親了，你猜猜我遇見誰了？」

我從來就抓不住重點，我說：「你去相親了？相親？『相信』的『相』、『親密』的『親』？」

大頭說：「……對，我想讓你猜的是我遇見誰了！」

我說：「我懂，但是你為什麼去相親了？」

大頭沒理我，一臉正色：「我遇見胡丹了。」

這回我抓住了重點：「胡丹？『胡說』的『胡』、『宋丹丹』的

走過各式各樣的路，遇過形形色色的人，錯過想留在身邊的她，丟過以為不會丟的東西。朋友走散在時間裡，感情定格在回憶裡，人生起起落落，每個人都匆匆忙忙。即使這樣，居然還是有人願意為你停留那麼久。我們都忘了世界那麼大，能並肩是一件多麼珍貴的事。

『丹』？」

大頭說：「對，如果可以，我希望你說是『王珞丹』的『丹』。」

我說：「這不都一樣嗎？你的相親對象不會是胡丹吧？」

我心說，生活果然比電視劇還狗血啊，相親還能相到前女友。

大頭說：「這倒沒有，不過她就坐在另一桌。」

郭大頭是我的初中同學、高中室友，他沒有什麼特別的特點，就是頭大。尤其是我們打球的時候，他的頭非常影響我的視線。興許也是因為這一點，大頭打球技術一流，那時高中的姑娘要麼喜歡帥

的，要麼喜歡打球打得好且帥的，剛好大頭兩點都佔，也算是被學妹寫過情書、被學姐堵過教室。但無論學姐還是學妹，他都通通拒絕。

因為他喜歡我們班年齡最小的一個姑娘——胡丹。

郭大頭讀書晚，是我們班裡最大的。胡丹從小聰明伶俐加上讀書早，她比大頭整整小了三歲。那年頭，胡丹長得乖巧成績又好，我們班沒幾個男生不愛她。因為我愛的是隔壁班的姑娘，對大頭沒威脅，所以那時大頭整天找我商量追胡丹的策略。

那年頭，我自己的事都搞不定哪能幫忙搞定別人的，不過我還是幫大頭要到了胡丹的小靈通號碼。某天我在課上給大頭發了三條簡訊，大頭一條都沒回。我心想奇了怪了，下課時他就跑到我身邊跟我說，他和胡丹發了一節課的簡訊。

我問：「我發給你的簡訊呢？」
大頭說：「哦，我沒看。」
我說：「大頭，請你不要忽視我，另外請你不要帶偏我們班成績最好的小姑娘。」
大頭說：「我不是要帶偏她，而是要把她帶到我身邊。」

大頭從自己收到的情書裡汲取靈感，每天變著法子給胡丹寫情書。

那兩個月，他每天都提早半小時去學校，給胡丹買早餐。而且他從來不讓自己被其他同學看到，只留個記號讓胡丹知道那是他送的。

那時我還問：「為啥你給胡丹送早餐還得避著所有人？」

大頭狡黠一笑：「不給人壓力地對她好，才是真的對她好。」

從此，我對大頭的情商佩服得五體投地。

那幾年，胡丹是大頭的鬧鐘，不需要提醒，不需要鈴聲。

那年大頭十九，胡丹十六。

高二我們填志願，大頭對我說：「我要改志願，我要去廈門，我要去廈大。」

我說：「你不是喜歡南京嗎？說好的古都不去了？」

他說：「因為胡丹想去廈門！」

在愛情的力量下，大頭順利考取了廈大。

放榜那天，他瘋跑到胡丹家樓下，對著胡丹家一頓喊：「我考到廈大了！我考到廈大了！」在經受了路過的幾個阿姨的怪異眼光之後，他終於等到了胡丹。

可胡丹見到大頭哇的一聲就哭了，對大頭說：「你考上了有什麼用，我沒考上！」

後來胡丹去了北京，大頭去了廈門，因為異地，胡丹沒有答應大頭。

於是大頭那幾年飛北京跟坐地鐵似的，不嫌貴不嫌累。

大頭說：「愛就是她在想你的時候，你在她身邊或者在去她身邊的路上。」

我再一次對大頭佩服得五體投地。

那幾年大頭追胡丹的時候，他常走到胡丹的宿舍樓下，等胡丹一起看電影。

我記得有年夏天，北京的蚊子特別多，他在微信給我直播了他被蚊子叮出的十個蚊子包。

他問我：「你說，如果我的蚊子包成了一個心形，丹丹是不是特感動？」

我說：「胡丹感動不感動我不知道，但是我們都會覺得你是傻×。」

他說：「只要她不覺得是傻×就好了呀。」

我想了想，認真地說：「不，她的想法肯定和我們一樣。」

也是這年，大頭和胡丹正式確立了情侶關係。

這一年，大頭二十三，胡丹二十。

他們一個在廈門，一個在北京。

我見證了他倆異地戀的全過程，他們約好每個月都必須見一次，不管忙不忙，不管遠不遠。胡丹去廈門，大頭去北京。大頭還好，家境富裕；胡丹就要辛苦一些，可她說不能總讓大頭花錢來北京，怎麼著也要自己花錢去幾次廈門。

大頭心疼胡丹，說要轉學去北京，胡丹死活沒同意，說不能因為自己打亂大頭的計畫。
大頭說：「我去廈大就是為了妳，跟妳在一起才是我的計畫。」
只是大頭沒有順利地轉成學，留在了廈大。

胡丹也心疼大頭，就瞞著大頭悄悄去工作，有時發傳單，偶爾也去做主持。
那時我不懂為什麼兩個人明明都是為了對方好，卻還能為了這些事情吵架。
只知道大頭說胡丹不用那麼辛苦，就算是工作也應該告訴他。
胡丹說不告訴他也是害怕他擔心。

果不其然，第二天大頭就飛去了北京。
後來我才明白，當你付出的太多對方又無法給你等同的回報時，對

於接受的人也是一種折磨。

或許也怪這兩個人都太善良，誰都見不得對方受委屈，誰都爭著去付出，誰都見不得對方為自己辛苦，誰都不肯讓步。

大頭畢業那年，我和老陳都趕去參加他的畢業典禮，當然還有胡丹。

那天我們第一次承認大頭比我和老陳加起來都帥，那天他特別開心，拉著所有人拍照。當然拍得最多的都是他和胡丹的照片，他說：「我今天拍的照片一定都要用在我倆的結婚典禮上。」

胡丹在一旁笑靨如花，說：「那我們可得多拍幾張好看的。」

大頭說：「對，老盧和老陳，你倆就不要拍了。」

老陳微笑：「那你要不到紅包了。」

沒想到老陳一語成讖，大頭沒有拿到我倆的紅包錢，確切地說，他沒有拿到一分紅包錢。

他倆分手了。

畢業那年大頭二十五，胡丹二十二。

他倆是在畢業兩年後分手的。畢業之後兩個人都選擇了上海，原本以為他們終於熬過了異地，可以修成正果了，沒想到偏偏在沒有距

離的時候，他倆分了手。

大頭說是他自己沒本事，留不住胡丹，大頭說是他自己見不得胡丹受苦。

我知道，他倆的性格從一開始就沒變，見不得對方受一丁點委屈，更受不了那委屈的源頭是自己。

大頭說：「我帶走她的時候，她比現在年輕，比現在好。她將來會變老，如果過得不能比過去好，我不如讓她走。」

我說：「你記不記得那時你追她時問我，如果被蚊子叮出一個心形，胡丹會不會感動，我回答你說我不知道她會不會感動，但我知道你是個傻×？」

大頭點了點頭。

我說：「我現在覺得我錯了。」

這一年大頭二十七，胡丹二十四。

都說本命年會特別背，看來是真的。

也是在這一年，老陳結婚了。

原本奔著結婚去的大頭和胡丹，最終還是分了手。

原本都快放棄要等大丁的老陳，反而最先結了婚。

命運來了個大轉彎，誰都沒法忍住不去設想如果，可誰都沒法活在

如果裡。

老陳結婚那天，包子還是開口聊起了這個話題。

大頭說：「我等了她四年，在一起三年。你看，我不再是當年的愣頭青，她也不再是當年的小姑娘。在一起的三年裡，我真心愛她，她也真心愛我，挺好的。」

然後，他就在相親的時候遇到了胡丹。

我小心翼翼地問：「現在你是什麼感覺？」

大頭說：「我最討厭相親了！而且那姑娘完全不是我的類型啊！」

我沒忍住打斷他：「誰問你相親對象的事了！抓重點！」

大頭這才恍然大悟，說：「胡丹啊，她已經快要結婚了。她現在的男人看起來也就那樣，還沒我好呢，哈哈哈哈哈哈……」

然後，他就笑不出來了。

半晌他才又開口，說自己以前看到一段話，那句話是這樣的：只要你遇到一個人，在一段戀情裡你把自己變得更好的話，那就說明你沒有愛錯人。

他以前覺得這句話無非是分手戀人之間的自我安慰，後來才發現這句話是真的。

他說：「見到她的時候，以前的一幕幕像電影一樣在面前跑過。我以為自己都忘了，可記憶這東西有時像機器一樣精密，在腦海裡的就是在腦海裡。我也以為我們會永遠在一起，就跟以前我和你們說的一樣，我不再是當年的愣頭青，她也不再是當年的小姑娘。雖然分開了，但我很慶幸，在我們彼此成長最快的時候，是我們在對方身邊。」

我們總是動不動就說永遠，彷彿什麼東西就能被延伸到看不見的盡頭。可成長過程中那些你信誓旦旦不會丟的東西正逐漸離你遠去，甚至到最後你自己都不再在意，直到時間模糊掉你的記憶；才能明白事情沒有永遠，沒什麼理所當然，世界多麼龐大，道路多麼曲折，我們不分對錯。

我們遇見多少人，付出多少真心，錯過多少感情，才能慢慢長大。
能在彼此的愛裡長大，都是幸福。

我突然想到那年大頭為了胡丹每天早起的日子。
又想到那天大頭說的話，說既然如此，畢竟真心陪伴過，分開也不苛責，過後反而感激；沒有太多懷念，只偶爾想起，也覺得沒有愛錯人。

不捨得的最後終究會捨得，放不下的回憶終究會放下。

經歷過的終究是一種經歷，你不能回到過去改變它，你也不需要否定原來的你自己。

在你往前走的時候，曾經經歷的不是被丟下了，而是被沉澱了。偶爾回頭看一眼的時候，覺得自己沒有愛錯人，也就沒有白白愛過。

然後，你總得收拾一下你的心情。

然後，你就得重新起程了，為了接下來能遇到的人，更為了你自己。

▶▶　　BGM：　陳奕迅〈好久不見〉

twenty-six 　　　　　　　　/ 如果可以，別留遺憾 /

1

小新和我說起他高考完看世界盃時，他和小夥伴們賭西班牙會奪冠，賭對了就去表白。沒想到他還真的賭贏了，但當他想去表白的時候，他的女神已經和別人在一起了。

我打岔，說：「上屆世界盃奪冠的不是義大利嗎？」
小新愣了三秒，說：「那是2006年，你是穿越了嗎？」
我脫口而出：「對啊，上屆世界盃不是2006年嗎？」
小新無語了五秒，盯著我看，一副「傻×，你快醒醒」的神情。

想放棄的時候，總能聽到一些歌，總能看到一部電影，這是一種非同一般的幸運。後來我覺得，如果你內心的火熄滅了的話，外界的東西怎麼也不能讓你燃起來。你是一個什麼樣的人，就會遇到什麼樣的人、遇到什麼樣的事、被什麼樣的東西感動。我不去想能不能遇到對的人、遇到對的事，我只想把自己變成對的人。

在一段煎熬的沉默中，我恍然大悟：2006年之後我們迎來了2010年南非世界盃，2010年南非世界盃後我們迎來了2014年巴西世界盃。

如今，我們的2015年也過了一半了。

我們總說時間還早，卻又歲月如梭。

老陳前兩天突發奇想給我們追憶了一下高中時光，開口就是一句：「奇變偶不變，符號看象限。」

我說，看哥給你背個高端的：「侵害裡皮鵬，探蛋養副奶，那美女桂林留綠牙（*化學元素表諧音，意指氫、氦、鋰、鈹、硼）等。」

老陳說，你有本事繼續背啊！

我停頓了兩秒，說，有本事你接下去背啊！

然後又是一陣沉默，接著兩人哈哈一陣狂笑。

老陳說他在高考前簡直是人生巔峰，口訣張口就來，唐詩背得滾瓜爛熟，數學只要看圖就大概知道該怎麼做了，現在真的是什麼都忘了。

我仔細一想還真是，唐詩宋詞不在話下，〈出師表〉那麼長都能背得一字不差。

那時候，我們都把自己丟給了講義、丟給了考題，換來了越來越深的近視。

我們都在盡全力讓自己準備好，去迎接我們人生中的第一次大考、第一個關卡。

學生時代是最好的，你可以談戀愛，可以做想做的事，可以和朋友把酒言歡；學生時代也是最糟的，你會被人比較，接受孤獨，為了未來迷茫。我走過這麼多學校，依舊羨慕大學時代。因為你們年輕，因為你們是曾經的我，因為你們還有著很多可能。

我一直覺得告別這事是從某年的夏天開始的，它一聲不吭地闖進你的生活，開始不斷延續。等到某天你反應過來，你已經不知不覺地告別了很多人。然後你只能開始接受告別，開始跌跌撞撞，曾經不經意的回憶也慢慢變得有溫度。

有些人一如往常在同一個地方開學，有些人則收起行囊去了新的學校，而更多人跟我一樣，再也沒了開學。

2

很快，你會經歷孤獨。

你會發現孤獨是你擺脫不了的東西，它會在某個時刻突然找上你。

不管你身邊的朋友是多還是少，不管你是人群圍繞還是一個人獨處，你都能感受到孤獨。

你會覺得熱鬧都是別人的，只有孤獨是自己的。

許久前我也這樣，無法接受孤獨，無法忍受好友們分散各地。但在和孤獨的相處中我開始明白，我們中的大多數人都會經歷這種階段。

很多時候我們會覺得和人相見恨晚，交朋友對自己而言再簡單不過，但還是免不了發現一些性格上的不合，或者就是逐漸失去聯繫。

其實結交朋友不難，難的是變成知己。

孤獨不是一件壞事，我們之所以覺得孤獨難熬，是因為我們都沒辦法一下子找到和自己相處的辦法。其實能有段時間和自己獨處終究是幸運的，這並不意味著你沒有朋友，相反正是因為這樣，你才會有真正屬於你的朋友。

因為你有時間想想自己要什麼，你身邊沒那麼多熙熙攘攘的聲音，你可以聽到自己，你可以問問你自己到底要什麼、到底不要什麼。瞭解自己這回事，大多留在了獨處的時間裡。

怎麼度過孤獨？

首先不要害怕它，然後找到一件你可以全身心投入的事情。我會聽歌或者寫作，那你一定也會有這樣一件讓你全身心投入的事情，去做這件事。

坦然接受孤獨，才能坦然接受離別。一個人生活的最大好處，就是越來越平靜，對各種事情越發遊刃有餘，覺得再難的事也能度過。這種自信和力量，是一天天從生活裡擠出來的，你會痛苦但也不用再害怕你站的地方突然崩塌，因為你走得很堅實。

在經歷孤獨的同時，你的生活圈子也會開始改變。

你可能會和一些人變成知己，和另外一些人分道揚鑣，很可能最後留下的並不是你之前覺得會留下的人。

這時候，友情大多經過了時間洗禮，尤其是你們不像從前能生活在

一起。你們都有著自己的生活，有著自己的事情要做，如果這個時候你們還能保持聯繫，什麼話都聊沒什麼顧忌，那這樣的朋友就是我們所說的被時間篩選後留下的好友。

有些人一天不聯繫兩天不聯繫也就慢慢失去聯繫了，有些人一天不聯繫兩天不聯繫但每次只要聊天就會覺得時間沒走。去哪裡遇見誰和誰變成知己，這種事情需要緣分，遇見之後，相處之後卻失去聯繫，這時候的緣分大概就是看有心沒有心了。
珍惜那些同樣珍惜你的人，就像你珍惜自己一樣。

3
大一時可能對於生活還沒有什麼概念，就多去嘗試一些。可能繞彎路，可能被別人看來是浪費時間，但是不是真的浪費時間，這只有你自己心裡清楚。
大一時我開始看書嘗試寫日記，很多人看來我就是浪費時間。如果不是那一年我一直在看書，我想我也不會變成現在的自己。
到了大三，你可能一下子就會焦慮起來，因為身邊的很多牛人都開始找到自己的方向和出口，只有你還在迷茫中掙扎。

迷茫不可怕，說明你還在向前走。
失敗不可怕，只要你還能爬起來。

又是一年6月，又是一年高考季，那個夏天離我們太遠，但卻是屬於你們的。

我告別了很多人、很多事，到現在才醒悟，很多告別就是從那個夏天開始的。

大致這世上所有的分道揚鑣都伴隨著不起眼的伏筆，等到你領悟時，已經來不及告別了。

而你還擁有這個夏天，就用力去浪費、用力去度過，哪怕告別也要用力，喧喧鬧鬧、**轟轟**烈烈。

喜歡的姑娘呀，能告訴她就告訴她，這世上真的有分道揚鑣這種事，以後就可能沒機會了。

最最重要的，少年啊，請把現在的你保留下來，記得你有多認真，記得你有多努力，記得你有多熱血，永遠不要辜負現在的你自己。

人生這東西還長著呢，暫時領先和暫時落後都沒什麼，重要的是你要保持進取心，依舊相信自己心底那些瘋狂的念頭，並且願意為之努力。

很快，你就會發現大學不是用來玩的；很快，你就會經歷以前想不到的事情。

很快，你就要學會和很多東西告別啦；很快，你會發現人生的坎一個接一個。

很快，你就會發現高考不是一個所謂的終點，而是新一段人生的起點。而這段人生不再會有人幫你遮風擋雨，你得靠自己打起傘，去面對以前不曾面對的事情。

我說這些不是為了告訴你未來有多不好，而是想告訴你，無論如何都請記住現在的你自己。
在這以後，你還有很多關卡要過，很多道理要去自己領悟。

而我們這些早就遠離高考的人，也在逐漸遠離我們的學生時代。
雖然偶爾懷念大學，但更重要的是做好現在的事。
在人生的什麼階段，在什麼樣的地方、什麼樣的時間，就去做什麼樣的事。

我們會長大，會遭遇不公，會遭受挫折，我們躲不過；我們會學著承擔，學會接受遭遇孤獨，我們逃不了。這時不要急著尋求依託，不要懷念過去，沉澱下來。

我們都會漸漸發現努力不一定有結果，但有時你還是得向前走。都說要找方向，可你不去碰壁怎麼知道在哪個路口該轉彎。大多努力和堅持會被浪費，或許繞了一個圈發現只要當初向前一步就能做好一件事，但你不繞這麼一大圈也許不會明白這些。

沒什麼可抱怨的，就像很多你突然明白的道理，都有伏筆。

只要你不放棄前行。

twenty-seven

/ 想唱給的人都是你 /

小手最近一次給我發微信，是因為老高要結婚了，她在猶豫去還是
不去。

我說：「去，而且要風風光光地去。」

過了很久，她回：「好。」

我喜歡墨爾本這座城市，因為這座城市夠浪漫。最繁華的街道，行
人區比車道還寬。街邊的樹、便利店前的海報、時不時經過的電
車，都讓我覺得安心。市中心是個火車站，火車站對面是墨爾本最
大的圖書館，圖書館前有一整片草坪，走累了就在草坪上躺下，心

對不起說得太多，沒關係就是沒了關係；告別時沒有在意，再聯繫就是再沒聯繫。時間打敗時間，愛情打敗愛情，輸給的不是別人，都是自己。

煩了就拿本書坐在草坪上。鴿子從不怕人，成群結隊地在草坪上肆意走著，順便向人類討著食物。

距離圖書館不遠的地方，就是唐人街。
那就是小手和老高相遇的地方。

其實在認識小手之前，我就在路邊見過她好幾次。她總是在夜晚十點，拿著吉他在唐人街街頭準時出現，旁若無人地開始唱歌。墨爾本的街頭藝人數不勝數，但那是我這麼多年聽到最好聽的歌聲。

有一天聚會，我、老林、老高，還有一些朋友唱歌。老高酒量奇小，喝了三杯就說要出去放風，我就陪他一路走到了樓下。

這時候我們聽到了小手的歌聲，對於聽了半小時老林唱歌的我們來說，小手的歌聲猶如天籟。

那天小手身邊聚著很多人，大家都坐在臺階上，聽著小手唱歌。

我在猶豫著要不要給小手面前的帽子裡放點錢，老高已經一個箭步衝上前了，掏出一百元美金放在小手擺在地上的帽子裡，轉頭就走。

我們剛走開，就聽到後面有人叫我們，回頭看到小手揹著吉他一路小跑，對老高說：「你給得太多了。」

老高說：「妳唱得很好聽。」

小手說：「不行，真的太多了。」

老高說：「那我能點兩首歌聽嗎？」

老高那天點了兩首都是陳奕迅的，一首〈愛情轉移〉，一首〈不要說話〉。

小手不愧是小手，兩首歌都是手到擒來。我依舊記得那天，小手看著老高，給老高唱：「願意用一支黑色的鉛筆，畫一齣沉默舞臺劇，燈光再亮也抱住你；願意在角落唱沙啞的歌，再大聲也都是給你，請用心聽，不要說話。」

願意在人群裡唱首歌給你，人群再多也都是給你。

老高聽完這首歌，拔腿就跑。我和小手都呆在原地，根本不知道他在想什麼。

我追不上他，打他電話也沒反應，就沖著小手擺擺手，說：「他喝多了，別管他。」

然後順便跟小手攀談起來，知道了她的名字叫小手，還在上大學，因為很喜歡唱歌，就每天都來這裡唱歌，也能減輕一下家庭的負擔。

過了一會兒，老高氣喘吁吁地跑了回來，揹著一把吉他。

我當時整個人就驚呆了，心想，我靠，這不是我的吉他嗎？他哪兒來的我家鑰匙？

我還沒來得及說話，他就衝到了小手面前，對她說：「剛才那首歌妳有兩個地方彈錯了，應該是這樣……」

然後兩個人一起唱完了這首〈不要說話〉。

我猜到了老高會聽完這首歌的開頭，卻沒猜中他倆一起唱歌的結尾。更重要的是，那是我的吉他啊！為什麼每次這種浪漫劇情的男主角都不是我，就因為我唱歌難聽嗎？

想了想實在不能忍，就一個人跑上樓搶了麥克風繼續唱。

結果我被老林趕了出來。

等我下樓時，小手已經不唱了，人群也散了，只剩下老高和小手兩人坐在地上攀談。

我心想，這不是絕好的機會嗎？一個箭步衝過去搶了吉他準備開始唱。

結果我被他倆趕回了樓上……

後來順理成章地，他們倆在一起了。

後來在唐人街街頭唱歌的人，變成了他們兩個。

後來我的那把吉他就被老高徵用了，再也沒有回來過。

但這不重要，重要的是，你看，要去搭訕就得對自己狠一點，心要狠，臉皮要厚，捨不得一百認識不了姑娘！

有時我也會去那兒聽他倆唱歌，很多時候都是老高在背後彈吉他，小手在前面唱。

我見過小手那種眼神，像貓看到了魚，像看到了手機連上了滿格的Wi-Fi，像歸家的乘客等到了那班車，像不會游泳的人在海裡看到一艘船。

有一天，小手來找我，說聽老高說我寫過幾篇文，想讓我幫她填幾首詞。

我問：「妳想要炫酷風格的，還是矯情風格的？」

小手說：「兩種都要。」

我說：「妳看，前一種就是這樣的：後面的朋友跟我一起來，我們已經困了太久；左邊的朋友跟我一起來，我們已經忍了太久；前面的朋友跟我一起來，何必又餓又累像條狗；右邊的朋友跟我一起來，何必忍受屈服還住口。」

小手說：「……那矯情風格的呢？」

我說：「我以前寫過一段，是這樣的：我們路過多少風景，看過多少路標，多少故事藏在心底，多少言語無人傾聽。咖啡換了第幾杯，身旁經過多少人，心裡藏著的那些歌，想唱給的人都是你。」

小手一拍桌子，說：「好！就這個了！盧思浩，你果然適合當矯情狗！」

後來老高家裡出了變故，沒能畢業就回了國。

我也問過他老家到底出了什麼事，老高打死也不說。

我也問過那小手應該怎麼辦，老高沉默半晌，說：「我不知道。」

那時我還沒有小手的聯繫方式，老高回了國，我也就不知道該怎麼找到她。

我也曾在晚上逛完超市，故意繞個路去那條街，但怎麼也沒和小手遇上。

大概三個月以後，我在街頭和小手偶然相遇。

她依舊拿著吉他在街邊唱，這回她身旁有了一台很專業的音響，音響旁邊的盒子裡擺著她自己的專輯，十元一張。

小手看到我對我點點頭，等她唱完了那首歌，我問：「這幾個月你跑到哪兒去了？」

小手說：「我回國了。」

我說：「你去找老高了嗎？」

小手點點頭，說：「我去廣州看了看他，然後拜託幾個朋友幫我錄了這張我自己的專輯。」

我掏錢，說：「那我可得買一張。」

小手笑，說：「你還掏錢啊？這張專輯我送你了！哦，對了，老高還不知道我錄了專輯，你先別告訴他。」

那天我加了小手的微信，說等回家有空就聽，聽完就給她聽後感。

回家路上，我給老高發了微信說：「我今天遇到小手了。」

老高回：「她最近怎麼樣？」

我說：「她過得好不好你還問我，你不知道？」

老高隔了很久才回：「我不知道。」

老高說他回國之後不久，小手就說不想上學了，想放棄學業去廣州找他，老高怎麼也不同意。

兩人因為這些問題常吵架，吵著吵著分了手。

他說：「我知道，我曾經答應小手，要一起錄一張專輯，要一起唱歌，再一起畢業，去一些以前沒去過的地方，要一直做小手身後的吉他手。我是真的想跟她一起完成這些啊，可我現在連學都上不了，連墨爾本都回不去啊。你告訴我，我能怎麼辦？」

我就這麼聽著，不知道該說什麼。

遇見時有多不經意，離開時也就一樣。

我也會時不時地和小手聊天，卻不知道怎麼提他倆分手的事。

那時候小手還總說：「如果自己再厲害點就好了，可以自己賣很多專輯，這樣就還能實現兩個人的夢想。」

看她的朋友圈，她開始去很多地方，墨爾本、雪梨、阿德雷德、凱恩斯，然後再回墨爾本。

直到某天她決定徹底回國。

那時候總是在深夜看到小手發的朋友圈，看到她又熬了一夜寫了一首歌。

也常看到小手傳自己錄好的歌，還是一樣好聽，可總覺得缺了一點什麼。

再後來我也去了北京，在三里屯和小手見了一面。

小手說：「都出兩本書了，還不知道給我寫首歌？」

我說：「你最近還唱歌嗎？」

小手說：「逗你的，早就不唱了，回了國之後就不再唱了。現在我的同事都不知道我原來還有段流浪歌手的經歷，哈哈哈。」

小手說：「那時候我想啊，我要邊走邊唱，然後把出的專輯賣掉，一定可以賺很多錢。那時候我是多麼想以唱歌為生，可後來發現沒有人給我彈吉他了，我自己彈又總是會彈錯。那兩年，我去了很多地方，總能有感慨，總想著把那些情緒寫到歌裡。那時候以為自己可以這麼過一輩子，沒想到幾年後我就過上另外一種人生了。」

我敬酒，說：「乾了這杯酒，我們就閉口不談過去，好好生活。」

小手說：「來，乾了。」

接著我和小手聊了很多，看著她現在的樣子，我已經不能確定以前的小手是否真的存在過。

後來我回了墨爾本。

接著我就收到了小手的那條微信。

在同一天，我也收到了老高的訊息，是的，他要結婚了。

前天老高結婚，我和老林在群裡一起祝他新婚快樂，說哪天回墨爾

本再一起喝酒。

老高說自己不會再回墨爾本了，下次在廣州聚。

發完祝福，我又回到自己的生活中，忙完已經晚上十點，就跑去華人超市買了幾袋餃子。

經過路口的時候，我聽到有人叫我，我轉過頭去，根本不敢相信自己的眼睛。

小手就站在她以前經常唱歌的地方，背著那把吉他，穿著那天我們相遇時穿的衣服。

我之所以能記得那件裙子是小手那天穿的，是因為小手說：「我穿著那天穿的衣服，我背著那天彈的吉他，我站在那天站的地方，我唱著那天唱的歌，你看我連手機時間都調好了，就差他了，可是他怎麼還不來。」

我看著她，莫名地想哭，眼前出現的是北京遇到的她。

多可怕，明明已經走了那麼遠了，只是一個消息就能把你打回原形。

多可怕，明明不在身旁那麼久了，只是一句言語就能讓你一敗塗地。

其實很多事無關你好不好，只是有些人從一開始就贏了，遇到相似

的背影你都能發會兒呆。就像有些歌的前奏一出來，你就開始單曲迴圈一樣。

就像他倆一起唱的那首〈不要説話〉一樣。

沉默了一會兒，小手拿起吉他開始唱，唱到一半已經泣不成聲。

歌詞是我寫給她的那段：「我們路過多少風景，看過多少路標，多少故事藏在心底，多少言語無人傾聽。咖啡換了第幾杯，身旁經過多少人，心裡藏的那些歌，想唱給的人都是你。」

我們路過多少風景，看過多少路標，多少故事藏在心底，多少言語無人傾聽。

咖啡換了第幾杯，身旁經過多少人，心裡藏的那些歌，想唱給的人都是你。

站在她對面，我想，那時候她送我專輯，我怎麼著也應該花錢買。

▶▶　BGM:　陳奕迅〈不要説話〉

IN RECOGNITION
FAITHFUL SERVICE RENDERED BY
THOMAS FERGUSON
BY MELBOURNE TOTAL ABSTINENCE SOCIETY
1868 — 1904
BY THE SOCIETY AND PUBLIC CONTRIBUTIONS

twenty-eight ／橫跨青春的歌最動聽／

我有輕微的強迫症，只要聽到那些喜歡的歌，就會單曲循環循環到死，一直聽到睡不著，一直聽到耳朵痛才肯甘休。

上初中的時候，流行卡帶和複讀機。複讀機是我第一個專屬聽歌工具，那時候買了周杰倫的〈八度空間〉，每天睡前開始聽，一直聽到卡帶損壞。那時用鉛筆把卡帶捲了又捲，還是沒能挽回這盤卡帶，那時像是弄丟了一個特別重要的朋友。

再後來有了索尼的MP3，摸索了很久在MP3裡存滿了喜歡的歌，上學

有那麼一些時刻，聽一些歌看一些書，什麼都想什麼都不想；有那麼一些時刻，天氣正好陽光暖和，你的心也突然溫柔起來。沒人知道我在開心什麼，連我自己都不知道，但我知道這些時刻是屬於我自己的，真真切切。說我浪費時間也好，我慶幸我還擁有這樣的瞬間。這是你自己的一種節奏，和世界都沒關係。

的時候藏著等到下課偷偷拿出來聽。因為怕被老師發現，我總是只戴右耳機，從袖子裡穿過去，右手蓋著耳朵，捂得嚴嚴實實。

大概從那時候起，我就開始依賴音樂。

現在用上了智慧手機，有了下載音樂的APP，不用再費盡心思在網上搜MP3再下載。於是我走路的時候、寫字的時候、空閒的時候，都塞著耳機。

我可以找一個空閒的下午，戴著耳機聽一下午歌，和好友聊天；我也可以一個人在候機室等待，早早進去跟朋友告別，聽著歌覺得等待也沒有難熬。

我就是那種上一秒心情很差，聽到一首歌就能把自己立馬投入歌中的神經病。那些很多我自以為才有的情緒，甚至是那些我不知道如何描述的情緒，都被寫在了歌裡。對於還沒有太成熟的我來說，音樂大概就是我最好的朋友了。

你看，你不是孤獨的，至少有人也經歷過你經歷的，然後把它呈現在你面前。

高中的時候，喜歡一個女生不知道應該怎麼表白，就一遍遍地抄歌詞，一遍遍地練習她喜歡的歌；大學的時候，一個人跑到了墨爾本，不知道怎麼適應孤單，就一遍遍地聽著那些讓我有感覺的歌，告訴自己其實不孤單，你看那些心情早就有人經歷過了；追夢的時候，跌跌撞撞不知道怎麼辦，怕自己等不到好結果，就一遍遍地聽著那些讓我有動力的歌，一遍遍地回想最開始的自己，告訴自己不要怕，當初選擇這條路的時候，你就該做好所有準備。

我的歌單很雜，喜歡的歌手有很多，但一直留存在歌單裡的歌，翻

來覆去也就那麼多。我會嘗試著去聽很多新歌，但能留在歌單裡反覆聽的寥寥無幾。

那時候不明白，為什麼有些歌翻來覆去聽怎麼也聽不膩。
後來才明白，或許只有橫跨青春的歌最動聽。

橫跨青春的歌最動聽，附著著回憶的東西最動人，一起看的電影最銘心，陪伴許久的人最珍貴。這個道理，我們總要失去了很多之後才明白。

我曾經很愛看演唱會，只要一有時間就會去看。很多人都問我，明明臺上的人離你那麼遠，明明在家一樣可以聽，為什麼偏要去看演唱會？我說，是因為我想看的不是臺上的人，而是曾經的我自己。

那是在課後偷偷聽歌的我自己，那是在一個下雨天後哼起〈晴天〉的我自己，那是週六步行半小時為了淘一張舊CD的我自己，那是愛一個人不知道怎麼給自己留餘地的我自己，那是在機場等著一架飛機要離家的我自己，那是青春裡最好的我自己。

我太瞭解我自己，如果我不聽，我就會把這些忘記。

我們無時無刻都在長大，無時無刻都在往前走，儘管有時我們察覺不到自己成長的速度。於是我們一路成長一路丟棄，丟棄那個愛人不知道怎麼說出口的自己，丟棄那個在操場上看夕陽的自己，丟棄那個醉倒在路邊的自己，丟棄那個徬徨失措的自己。

有時我是那麼懷念那時的自己，所以我需要聽那些歌。

每首歌都是一個故事、一個人、一段時光。

一個人如果常回頭看，走不了太遠；可如果一個人從不回頭看，就會走偏。我曾經一直想，那些歌到底有什麼意義，那些過去到底有什麼意義。說起來我們都成長了，那些過去終究是過去，很長的一段時間裡，我一直忙碌、一直逃避，不肯回頭看。

後來我明白了，我們之所以不敢回頭看，是因為我們不知道怎麼面對那個自己；我們之所以不知道該去往哪裡，是因為我們不夠瞭解自己。只有回頭看，只有能夠正確地看待那些回憶，我們才知道自己是什麼樣的人。

所以我常在午夜時分，聽著歌獨自醒著，早已麻痹的神經變得異常活躍。

我不知道你喜歡什麼樣的歌，但我想一定會有人願意和你左右耳機共同分享一首歌，也會有人願意在你睡前分享一首歌給你。

或許你也和我一樣，因為一個人喜歡一個歌手，進而喜歡他們的歌。然後那個帶你走進他們的人已經走遠了，可那些歌留了下來，變成了你的一部分。沒關係，畢竟那些歌給你的力量，都是屬於你自己的。

我有很多東西在一路上弄丟了，比如肆意哭笑的能力，比如那些簡單又能讓你充實一天的東西，再比如曾經和你並肩同行的人。一路飛奔以為跑在了時間的前面，才發現誰也沒能跑過時間。即便如此還是有些東西留了下來：三五好友和那些陪伴很久的歌。我不那麼念舊，卻毫無緣由地相信這些可以打敗時間。

就像那些永遠不會膩的歌，就像那些留下來的人，就像那個還在努力的自己。這些東西，少一個我都不自在，我絕不輕易放手。

▶▶　BGM:　周杰倫〈七里香〉

twenty-nine

/ 沒空閒浪費時間 /

1

大概因為我常坐飛機,每次飛機失事都能挑動我的神經。有一年我從坎培拉起飛,飛到中途飛機掉了個頭,又回到了坎培拉機場。後來下機才知道飛機的起落架出了問題,還好及時發現。其實我沒有什麼真實感,只記得隔座的local打電話給兒子,說:「I'm so lucky.」

我記得我第一次跟厄運擦肩而過,是小學四年級。課間我和同學玩耍,臺階下是花壇。我一個失足就往花壇上倒去,花壇邊是大理石,為了配合花壇的形狀,大理石尖得似刀。我就這麼猝不及防以

也曾揮霍以為熱夜通宵就是熱血，也曾浪費以為掏心掏肺不求回應就是愛情，也曾難過以為芝麻小事就能讓天塌下來。如今我依舊熱血但多少學會了照顧身體，如今我依舊相信愛情但多少明白委屈自己換不來對的人，如今依舊會為一些事難過但很快就能緩回來。對自己好一點，多開心一天就是恩典。

迅雷不及掩耳盜鈴響叮噹之勢倒向了大理石最尖的那塊，接著我就失去了意識。

醒來後我在醫院，滿身是血，我的鼻子幾乎被切成了兩半。醫生說如果我受傷的部位再往上一點，我這輩子可能就看不見了。我心想，他媽的還好老子福大命大，要是眼睛看不見了，我還怎麼看妹子！至於鼻子，就當做個整鼻手術吧。

從此我的鼻子變成了塌鼻子，摘了眼鏡還能看到一條不那麼明顯的

疤痕。

第二次是在墨爾本，那是我第一次到墨爾本，我還處於左右不分的狀態。我還沒搞明白為什麼澳大利亞是左側行駛，一輛公車就從身邊擦過。我的手沒來得及躲，瞬間破了層皮，整個人被這一下撞擊帶了三百六十度一個大旋轉，然後炫酷倒地。

我的朋友目瞪口呆，反應過來扶我時說：「我擦，你再往前走五公分，你就要被撞飛了！」

第三次是朋友出去自駕遊，去了一座我至今都叫不出名的山。那時我們開車技術都很菜，偏偏遇到一條山路。雖然比不上《頭文字D》裡的秋名山跑道，但我們誰也沒有周杰倫那樣的技術。車胎一打滑我們就開始怕，一路上小心翼翼過了無數個S形彎，終於我們看著指示牌還有十公里就能駛出這段道，在一個轉彎時車胎又打了滑，而且是前後輪胎一起打滑。

那時我應該炫酷地解開安全帶，用零點一秒的時間打開車門，然後嚕的一下炫酷地跳下車。但那只是我之後腦補的畫面，我當時大腦一片空白，只聽見轟的一聲，車撞在山上了。大概十分鐘後我才回過神來，走下車掃了一眼路的另一邊：是一片懸崖！我不敢想像，

如果車打滑把我們甩向了另一個方向會怎麼樣。

或許真的連我自己都不知道自己有多幸運，沒遇到那麼窮凶極惡的人，偶爾遇到人渣也能劫後餘生。生命中有些讓我心有餘悸的事，好在都能化險為夷。每次看新聞都覺得世界不會好了，但身邊的人又讓我覺得安全。

每次經歷一些這樣的事，我都覺得應該努力些才對得起這樣的幸運。

2

也因為坐飛機坐多了，多多少少聽了一些旅人的故事。最大眾的就是跟我一樣的留學生，好不容易盼來了暑假，要回去看看家人，要回去看看自己的女朋友。他們欣喜，他們開心，他們興奮，要回家的旅人都是這樣。

也常會見到一些老人，有一回是一對夫妻旅行，老爺爺說這是他倆最後一次旅行了，以後就走不動了。老爺爺說的時候看著老奶奶，一臉寵溺，我聽著一陣心疼。

或許是我們步入了資訊社會，任何一點資訊都逃不出我們的眼睛；

或許是真的最近幾年的天災越發頻繁，總是看著照片對著新聞產生一種無力感。想著應該去幫助他們，卻又什麼都做不了。明明發生在很遠的地方，卻還是一陣揪心。

今天又看到一班航班失事，我不知道這架航班上有多少故事，或許因為距離太遠，我們都沒有真實感。時間會把我們的震驚抹平，是因為故事發生得離我們太遠。就像很多人已經忘了那架不知所終的航班，可有人永遠記得，就像心裡的刺。

3

在北京的時候見過包子的室友幾面，一起吃過飯、喝過酒。那陣子包子想要成立一個工作室，我和他室友一起陪他熬了個通宵，列了無數計畫給包子。第二天包子要拍外景，沒人幫忙，他第一時間請了假，給包子幹起了苦力。

在北京待了一週我就走了，他倆一起送我。包子說室友是他在北京最好的朋友，因為這我毫無緣由地相信，我和他室友一定也能成為很好的朋友。

之後再去北京，卻怎麼也沒有再看見他的室友。
我問起這事，包子正在吃飯的手停了停，歎口氣，對我說：「他回

青島了，癌症。」

我心一涼，不知道應該擺出什麼表情。

包子接著說：「淋巴癌，還好是早期。」

我在微信裡點開了對話方塊，可不知道應該對他說什麼。

包子說起他，也不知道誘因到底是什麼，癌症擊中了他，可能是累的。他有陣子接了個單，沒日沒夜為了單子忙活，每天就睡兩小時。

上個月他痊癒了，我和包子飛去青島見他。

他整個人瘦了不少，但還算精神，他跟我說起自己化療時的情形，聽得我直皺眉。

他說：「以前我常告訴自己要拚命要拚命，沒想到差點把命拚進去。」

4

有時候我害怕刷微博，因為我總是能第一時間在微博上聽到那些壞消息。

前天，我在微博上看到又有一個生命因為癌症消失，和大劉說起這事。

大劉說：「以前我在大學有個特別好特別好的朋友，就是那種每天

半夜可以一起出去吃宵夜去7-11買包菸的朋友。2014年他突然就走了，白血病。這種事情沒辦法，真的要找到你也就是一瞬間的事，你他媽的根本躲也躲不掉。」

我不知道怎麼回應他，無能為力。

我討厭這種無力感，可這種無力感已經深入骨髓，沒法擺脫。

朋友中有個姑娘，有一天晚上打電話給我，泣不成聲。那時我正在末班的公車上，聽著她邊哭邊說自己身體不太好，得了慢性病，雖然沒有生命危險，可每天都是鑽心地痛。我沒有在我家那站下車，一路坐到了終點站，找了個路燈就地坐下，聽著她講自己最近的經歷。

掛了電話，我在路邊坐了很久，她給我發微信說自己想回到以前手上沒有針眼的日子，然後我翻著我們的聊天紀錄。

翻到過年時她給我的祝福簡訊：「盧思浩，你要好好照顧身體，不要再熬夜，要多喝水，有時間就多吃點水果，還有我給你買了檸檬片，你記得泡水喝。」

我的眼淚止不住往下掉。

我們常常知道怎麼照顧別人，卻不知道怎麼照顧自己。大概我們都有著對別人的責任感，卻沒了對自己的責任感。我們知道提醒愛的人天冷加衣、餓了吃飯、不要常熬夜、要多喝水多運動，卻不知道提醒自己。

等到生病了才知道身體多重要，等到分離了才知道擁有的多寶貴。

我們都太後知後覺了。

5

以前寫過一段話：「能接吻就不要說話，能擁抱就不要吵架，能行動就不要發呆，能團聚就不要推辭，能好好吃東西就別餓著自己。好東西不要珍藏，今天能做的事不要等到明天。從現在起，答應自己的事就盡力去做到，答應自己要去的地方就盡力去抵達。這個世界太危險，時間就該浪費在美好的事物上。」

我想，這段話最適合每天提醒自己一遍。

我受夠了浪費時間，我受夠了揮霍生命，我受夠了一而再為了不必要的事情操心。所以我已經決定了，我不能敗給自己想像出來的恐懼，也不能害怕我不知道的東西。所以我想要在告別前抓緊一點、

在相遇前變好一點，在今天時珍惜一點，這是我在巨大的無力感中能做到的唯一的事。

我喜歡我現在聽的歌、我現在看的書、我現在做的事、我現在陪伴的人。

我現在擁有的一切，都是我的大好時光。

每一分每一秒都要往前走，我現在擁有的，都是我的大好時光，沒空閒去浪費時間。

▶▶　BGM:　B.O.B　*Don't Let Me Fall*

thirty / 因為你們也在那裡 /

我有個微信群，裡面都是我的好基友。群裡充斥著各種時差黨，三天兩頭不睡覺。過年那陣子興起發紅包，於是他們都算準時間，等到我睡覺之後才開始發紅包。我是一個有原則的人，從此睏的時候絕對不睡，搶到一個紅包再睡覺。

作為報復，以後每次聚會到凌晨兩點多大家開始犯睏的時候，我都會放一首很嗨的歌，然後對他們說：「睡個屁啊！起來嗨！」

有陣子老唐失戀，某天晚上在群裡給我們集體發紅包，越發越多，

能分清什麼是幽默、什麼是嘴賤特別重要，恰到好處、恰如其分的關係就建立在瞭解上。遇到理解值得慶幸，好友就是瞭解你的人，知道什麼時候能吐槽你、什麼時候該陪著你。這並不刻意，你們之間有種磁場，彼此都懂彼此，心照不宣。

我們也越搶越多。老陳最先看出苗頭，在群裡問：「老唐，你別發了，說說你到底怎麼了？」

老唐給我們發來一段語音，裡邊的聲音斷斷續續、無比嘈雜，我們都知道他去了哪兒。

老唐心情不好的時候，無論什麼時間點都會出門，穿過人山人海去那家24小時速食麵館。

我們也都知道他喝多了。

小裴也在上海，二話不說出了門去那家麵館找他。群裡剩下的九個

人一個都沒睡，等著小裴給我們直播最新的消息。

婷婷一直是我們中最早睡覺的，她的生理時鐘無比規律，晚上十一點睡，第二天七點起床。那天我們等到了凌晨三點，小裴才在麵館後的停車場找到睡在路邊的老唐。

這期間我們都讓婷婷去睡覺，我說：「婷婷，妳先去睡覺，如果真有什麼事，我一定第一時間打給妳。」

婷婷回：「不行，只要沒消息我就不安心，我不安心我就不能睡。」

那是我印象裡婷婷睡得最晚的一次，哪怕她失戀，哪怕她不開心，她也能按時睡著，除了這次。

第二天，我們數好自己搶了多少紅包，每個人都默契地原封不動地還給了老唐。

老陳2013年訂婚，他在南京，我在北京，訂婚那天一早我有活動要忙到中午。

老陳說：「沒關係，你忙你的，等到結婚那天準時來就行了。」

我說：「不行，我還要看著你哭呢！」

我到南京的時候已經下午四點了，坐在計程車上我一直看錶，生怕錯過了時間。

計程車司機看我一直看錶，問我：「要跟女朋友約會嗎？」

我說：「是我最好的朋友訂婚。」

司機說：「那一定得去！你別著急，我一會兒肯定開快點，保證你按時到。」

後來師傅把我按時送到了飯店門口，至今司機的長相我都記得。

原本和我一樣不能來的還有大頭。

大頭在武漢，他那天要加班，跟上司怎麼請假都請不下來，說是特殊時期不允許請假。我們也知道大頭的工作忙，他自己都常常顧不上吃飯，晚上只要客戶一個電話他立馬就得爬起來打開報表，徹夜不休地工作。

我剛到南京時打開微信，就看到群裡跳出了大頭的資訊：「老陳，你們等著啊！哥這就打車去武漢火車站！不用等我，你們準時開始，但我一定到！拚死也到！」

從漢口到南京最快的動車也要三個小時，大頭到達飯店會場的時候已經快九點了，很多賓客都走了，我們這桌卻像是剛開始。

他走到我身邊的時候已經上氣不接下氣，把公事包往桌上一摔，扔掉自己的領帶，說：「累死老子了，還好今天能到。」

我看著他的樣子哈哈大笑，說：「大頭，你的髮型凌亂得頭更大了。」

大頭拿出手機也笑了起來，說：「你還好意思說我，你看看你的眼睛又小了。」

我說：「我眼睛小有什麼關係，你看看，老唐這麼大年紀還長痘！」

老唐拍案而起：「你大爺的！不是說好不提這個話題嗎！」

後來我們整桌都笑了起來，那是2013年我們最開心的一天，我們拍了一張合照。照片裡的小裴和婷婷眼眶還是紅的，我故意瞇著眼睛，大頭沒有整理自己的髮型，老唐把長痘的左臉對著鏡頭。

那是我們幾個最醜的照片，卻是我們最珍貴的照片之一。

那天是屬於老陳和大丁的，也是屬於我們的。

2010年，我剛在墨爾本看完演唱會，在日記裡寫：「人生有多少個青春能揮霍，又有多少個三年可以浪費。我們總是麻木太多、受傷太多，也許只有這樣我們才能發現，原來幸福只是一件可貴的小事。看演唱會的時候，我也還是會想，什麼時候我也能有三萬人，聽著我說話的三萬人。我把自己的旅行帶給你們，我把自己的感悟帶給你們，我把自己的倔強帶給你們。天亮以後，我們各自離開，各自開始自己的生活。」

包子在下面回：「你可以的。」

2013年，我人生的第一場簽書會。我一個人在北京，想著要穿得體面就準備了一件襯衫，可因為在北京待了幾天加上我這個人粗心，

襯衫奇皺無比。我一早就起床，問櫃檯借了個熨斗想著自己把衣服燙平。結果把衣服燙了個洞，這是我帶的唯一一件襯衫，我覺得天都黑了。

我只能坐在床頭一邊聽著歌一邊對自己說，沒關係，不過是一個不好的開頭而已，一定會有個好結尾。然後我聽到手機響，是婷婷給我發的訊息：「我今天早上起了個大早，特地去給你求籤了，是個上上籤，下午一定會成功的，一定會順利的。我們都看著你走到現在，我們都對你有信心。」

然後我就看到群裡所有人都給我發了照片，是他們在各自的城市給我寫的祝福語。

老唐說：「你眼睛這麼小，一定聚光，所以放心吧，世界的美好逃不過你的眼睛。」

大頭說：「雖然你沒有我帥，但你還是有顏值的，哈哈哈，加油，我們信你。」

小裴說：「你要是高一點我就一定嫁給你了，哈哈，你看老天沒讓我嫁你，他肯定會在別的地方補償你的。所以今天你一定行！」

……

我在群裡回了個笑臉：「你大爺的，還能不能好好說話了！」

然後一遍遍地看他們給我的祝福，覺得渾身都是動力。

那天我記得特清楚，是2013年6月1日。

因為第一本《想太多》的失敗，其實我做好了沒有人的準備。但那天來了很多人，晚上回到旅店，我一邊看著大家給我的禮物一邊發呆，莫名地想流淚。

拍了張照片到群裡，老陳瞬間破壞了我的心情：「哈哈哈，你居然也能收到這麼多禮物。」

然後他特別正經地給我發了個：「恭喜你，為你開心。」

其實我們剛開始認識時，大家都是一副高冷難以親近的樣子，熟了以後才發現大家都是逗逼。我和他們的相處特別自然，彼此開著玩笑，卻又能在彼此需要力量的時候正經地推彼此一把。

這麼多年，我們都起起伏伏。我們做錯事，我們走彎路，我們愛錯人，失戀時我們一起天黑，難過時我們一起等天亮。幸運的是在茫然失措時身邊有這群朋友，他們讓我毫無理由地相信，未來一定會變得好一點。

有些事情值得你拚盡全力去做，有些人值得你赴湯蹈火，比如夢想，比如一直陪你的好友；但那絕不包括為了面子做不愛做的事，

挽回一個決心離開的人，失戀後的自我放逐。我的精力有限，絕不為不值的人又傻又累又像狗；我的時間寶貴，樂在其中才是我投入自我的理由。

有些友情怎麼放也不會久，只要相遇就覺得時間沒走，那是唯一能打敗時間的東西。可遇不可求，但能遇到就是一輩子的幸運。這些友情，值得我拚命去珍惜。

如果有一天我失去了所有熱情，卻還是願意買一張去往遠方的車票，那一定是因為，你們也在去那裡的路上。

▸▸　BGM:　Kris Allen　*Better With You*

thirty-one

/ 站在舞臺邊上的人 /

我的一眾小夥伴裡，只有婷婷最正常，從不自尋死路。她的生理時鐘跟我們截然不同，我有段時間最離譜，可以天天看著天亮不睡覺，還能在天亮後起身跑步然後吃頓早餐再回來睡覺；老陳老唐大頭也都是熬夜控，不熬到兩點都不會睡。

只有婷婷從高中起就每天晚上十一點睡，早上七點起，少有例外。她的話不多，但她和小裴截然不同，小裴不講話時你能看到「高冷」兩個字寫在她臉上，婷婷是很典型的軟萌妹子，你從她身上看不到任何一點有關高冷的跡象。

如果人生是個舞臺，有人會穿過千軍萬馬披荊斬棘一路打怪升級獲取經驗，站在舞臺的中央用常人想不到的代價，換取一個發光的人生。也會有人喜歡自己的小世界，站在舞臺邊上看著舞臺上的表演，為舞臺上的人真誠地鼓掌，不嫉妒也不自卑。前者不屈不撓，後者不卑不亢，無論哪種，都讓人歡喜。

那時我完全想不到我會和她成為很好的朋友，直到有一次我去她家，她家裝潢得特別精緻。那天下午我準備去借幾本書，看到整齊劃一的書櫃，我不知不覺待了一下午，她聽著歌畫著畫，陽光特別暖和，她養的兩隻貓在陽臺邊呼呼大睡。

她畫畫其實特別棒，很多次我都問她為什麼不試著去投稿或者做個繪本，她總是笑著說：「我就是喜歡畫畫這件事情，沒必要讓那麼多人知道。」

你可以看到很多這樣的人，他們話不多，他們從不鋒芒畢露；他們是你在街道上擦肩而過的路人，但他們都有著自己的愛好，有著自己的一技之長，有著自己不為人知的堅持。

2011年起我開始變得特別忙，那時每天要回幾百封郵件，沒日沒夜地熬夜，顧好這頭顧不了那頭。偏偏我這個人有時忙起來就神經大條，出差時忘了帶身分證，或者是到了目的地找不到旅店的事情常有發生。

婷婷看不過我這樣，就提出來要當我的助理。
那陣子我沒有收入，看不到前路，沒辦法馬上發她工資，最關鍵的是自己也是吃了上頓下頓就得喝西北風。
婷婷堅持，說沒關係，自己每天起得早，正好可以給我回郵件，上班時間也算規律，週末時也可以陪著我跑。

2012年後我慢慢步入正軌，開始跑一些學校，開始跑一些活動。
她給我準備潤喉糖，給我準備水，提醒我準備PPT，再跟著我一起去看場地。
活動結束後我每次拉著她一起合照，她總是站在隊伍的角落，擺出非常真誠的笑容。

2013年的冬天，我還沒回國，很多東西只能交給婷婷。

我常常過意不去，可她都說沒關係。

她不知道怎麼回工作郵件，就一個人上網查資料；她不知道那些學校的情況，就一個接一個打電話；她害怕我忙不過來，就把我的時間表列了一次又一次。最後把所有情況匯總，每天早上七點準時發到我的郵箱裡。

第一次打開Excel的時候，我感動得想哭，她列好了每一個細節，還加上了很多小提醒，提醒我這場要兩個小時那天要多喝水，提醒我場地有點偏那天要早點起床。遇到一些沒有去過的城市，她會給我做一個路線圖。她不知道怎麼用電腦畫，就用手繪，從來沒有指錯過路，從來沒有記錯過日子。

其實她不需要這麼做，可她就是這麼做了。

其實我可以做更多的，可她都是默默先考量所有細節，再把能通過的告訴我。

我知道，她就是這樣的人。

她不知道偷懶，不知道取巧，也不求能站在舞臺中央，只擔心自己做得不夠好。

她從一開始就不是那些可以站在舞臺中間的人，那些人需要隱忍，需要天賦，需要非同一般的毅力，更需要上一秒被打了一巴掌下一秒還能保持儀態的如同變形金剛一般堅硬的內心。

這條路雖然九死一生，但大多數人對這條路趨之若鶩。

可她不是，可有些人不是。

她不會削尖腦袋往一個圈子裡鑽，她沒有那麼驚天動地的夢想，她沒有那些轟轟烈烈的青春。

她不會爭著搶著要得到些什麼，她只是默默地做好一切認為自己應該做好的事。

她就這麼站在舞臺邊，欣賞著自己喜歡的東西，真誠地為每個發光的人喝采。

其實婷婷，我一直都忘了說，這麼多年妳給我的感動、妳給我的力量。

我累得不行的時候，就會看著妳給我發的那些郵件發呆，想著妳特別認真又真誠的眼神，覺得自己獲得了太多太多。

世界應該為妳喝采。

2013年時，我考研究所，過起了除了吃飯睡覺就是在圖書館的日

子。

我去的自習教室不大，但從來不會發生搶佔座位的情況。每個人都有每個人的位置，大家見面的時間長了，也都有了默契。

有一天，我為了一道題特抓狂，鄰座的姑娘給我遞來一瓶水，對我笑笑什麼也沒説。

臨考前一天，前座的哥們兒站起來特別嚴肅地拍了拍自己的桌子，走出教室前回頭看了好幾次教室。那時的空氣都是默契的，我們都抬著頭跟他笑著打了招呼。

我是最後幾個走出教室的人，在我做題時教室前的黑板上不知不覺出現了一行字：大家都要加油。

那是我記憶最深的畫面之一。

我們都在為了自己想要的東西努力著，可我們這些人也只是千軍萬馬中的一員，那些辛苦很快就會消散，除了自己沒人知道。

我常常懷念起那時的教室，那些不知道名字的人。

我們崇拜那些有著遠大理想的人，我們驚歎他們一路上取得的成就，可就是有那麼一些人，他們有著自己的小目標，他們有著自己想要去的地方，儘管那個地方不為人所知。

願意沉靜地做著自己喜歡的事情，不去打擾別人也不被別人打擾，

這不但不是件小事，簡直就是一個了不起的成就。

很多時候我們翻山越嶺越過山丘，世界卻渾然不覺；我們小心翼翼怕打擾，他人卻無從知曉；我們自我鬥爭掙扎著向前走，旁人卻不屑一顧。我們的故事聽起來多麼平凡，可就算沒有那些曲折離奇，沒有那些轟轟烈烈，我們的故事依舊獨一無二。

沒有成群結隊的朋友不代表孤獨，沒有陪伴左右的愛人不代表過季，沒有驚天動地的夢想不代表平庸。三兩朋友可以時常相聚，孤身一人時能充實自己，完成小目標時也竭盡全力。對自己負責，有自己的想法，你不必時時站在臺上，也能找到自己的光。

給那些站在舞臺邊上的人。

給我最親愛的助理——婷婷，謝謝妳。

▶▶　BGM：　Maroon5　*She Will Be Loved*

thirty-two

/ 一個人生活 /

1

人生第一次坐飛機，就是飛去墨爾本。

飛之前對著地圖仔細比畫，心想再過十幾個小時，我就能站在離家八千多公里的地方了。我會沿著海岸線飛離中國，然後再穿越一個太平洋。一個人踏上大洋彼岸，這件事簡直太酷了。

但坐飛機的過程一點都不酷，我是一個無論在任何交通工具上都沒辦法深睡的人，所以我一直醒著。帶上飛機的書看完了，就接著看

現實常不盡如人意，其實你心裡都清楚。一路有多少困難，總跟你選擇的路有關。我在經歷孤獨，我想你也一樣；偶爾還會有放棄的念頭，我想你也一樣；但總能說服自己堅持下去，我想你也一樣。每個人都有讓自己堅持下去的理由，這理由可能千差萬別，但心還沒死時就別放棄，要麼讓它死透，要麼砸出一條路來。

小桌板上的小電視。兩部電影看得我昏昏沉沉，可怎麼也睡不著。看完後我趕緊查還有多久才能到，時間指示五小時。

下飛機的時候我想，我要不認真過完這幾年，都對不起我這兩條因為坐飛機而痠痛的腿。

那時我心想，如果有一天我自己住了，一定要把房間佈置得特別簡單，一張大書桌、一張小沙發、一台音響，再加上一盞好看的檯燈就可以了。我要每天給自己做飯，然後變身大廚。總之，我要洗心

革面，一躍變身成我想像中的樣子。

然而我孤身住了好幾年，直到2015年才把房間佈置成想要的樣子。

2

一個人吃飯，對當時的我無疑是折磨。

作為吃貨，這世上沒有什麼能比吃飯更好的事了。吃飯時既能跟朋友聊天，又能填飽肚子，順帶看看周圍經過的妹子，享受一下難得慵懶的時光，簡直是一天中最幸福的時光啊！

沒想到很快我開始一個人吃飯，於是吃飯的功能突然只剩下了填飽肚子。匆匆地來，匆匆地走，不剩下一點飯菜。

那時大家的課表都五花八門，時間表從早上排到了晚上，偏偏就是湊不到一起。加上我的課都被排在了飯點前，很是尷尬，上完課跟朋友一起去吃我可能會餓死，上課前先吃就只能一個人去。

想了想我還這麼年輕，怎麼能餓著自己。
於是我開始了兩年的一個人吃飯生涯。

那時覺得一個人吃飯一定特別慘，那時覺得一個人做任何事情都特別慘。一個人看電影，一個人吃飯，一個人旅行，都缺了一些什麼。沒想到我吃著吃著就習慣了，也不再彆扭。

大概是因為習慣了這樣的生活，我偶爾也會羨慕情侶，卻又貪戀自由。

當我總算在墨爾本有了一眾基友時，我去了坎培拉。
好像總是這樣，剛開始習慣一個地方、一種生活，你卻不得不跟這個地方、這種生活告別了。

3

我清晰地記得2011年坎培拉的每個清晨，先是五點準時出現的垃圾車，再是被喚醒的最早的那批上班的人。他們總是六點時拿著咖啡，提著公事包，像是上緊了發條一樣衝向最早出發的那班公車。這時整個城市才從疲憊中甦醒，世界在陽光中清晰起來，而我站在落地窗前看著這座城市逐漸車水馬龍，有種說不出來的淡漠感。

也許，你剛趕完一夜的報告，在去找導師的路上；也許，你兢兢業業工作了快十年，卻面臨著失業的危險；也許，你就像我，在一座知道自己終將會離開的城市，找著屬於自己的生活座標。

是的，每個清晨。一年有365天，我就有365天這麼醒著。

那時候生活簡直一團糟。隨處亂放的衣服，看完就堆在桌上的書，被我弄壞的檯燈，心血來潮時買了卻再也沒用過的東西。有一天，我走回自己的房間，突然感歎：我到底是怎樣才能把這麼一個小地方弄得這麼亂的？

更關鍵的是，我知道我不屬於這裡。
我沒有一時一刻不在想著未來要做的事情、想著未來要去的地方，而我所在的坎培拉，從來就沒在我的計畫裡。
然而我知道，在通往我想要的未來的那條路上，我必須花很多時間在這裡。

可我還是感到不安。
那時我每天都嘗試著寫東西，可怎麼寫也寫不出來。我記得鋪天蓋地而來的壓力，比如爸媽給你的未來規劃，比如朋友逐漸找到了自己的路。只有你，執著地走著一條不知道能否通往未來的路，看著爸媽的規劃，心有不甘卻不得不承認，他們說得也有道理。

那時我常想，我是不是把一切都搞砸了。
明明做選擇前就有心理準備的，可被出版社趕出門的一瞬間，才明

白我還是低估了一路上會遇到的挫折。

你知道你想要的未來是什麼樣子，可你不知道你腳下的哪條路，可以通過去。

羅蘭說：「世界上只有一種英雄主義，就是看清世界的本來面目之後依然愛它。」

然而，我不知道我是否做得到。

有時候除了等待，你別無他法。

要驗證你的選擇正確與否總是需要時間，只是不是每個人都能背負得起這時間。於是在日復一日的等待中，我們猶豫，我們徬徨，然後我們在答案浮現水面前的那一秒，放棄。

我也無數次想放棄。

4
沒有那麼灑脫，沒有那麼多神奇又熱血的故事。
我就是在一次次想放棄中堅持了下來，每次想放棄的時候我都會去

洗把臉，仔細想想，覺得還是不應該放棄，因為我心裡的火還沒有滅，哪怕世界只能看到煙，我也不想這麼快澆熄它。

或許也是心裡有著這團火，我總是在放棄時能找到堅持下去的理由。有時只是聽到一首勵志的歌，看到一個勵志的視頻，有時又是身邊那些好友都在堅持讓我覺得自己不能放棄。我常覺得自己無比幸運，總有這些力量支撐著我。

後來我開始明白，這個世界就是這樣，一定有人在堅持。
只是那些放棄的人，是不會被這些堅持所打動的；那些習慣低頭沉默的人，總是對大聲呼喊著前進的人不屑一顧。然而只有內心還有那團火的人，才能發現那些同在堅持的人。

如果我被困在這個地方，那我就試著在這個地方找到我喜歡的生活方式；如果我面前的事情我不喜歡卻不得不做，那我就試著把這件事情做好，再從中發現可以共通的道理。

我喜歡打籃球卻沒能成為籃球員，但那保證了我的身體健康；我因為一個姑娘喜歡一個樂團，雖然那個姑娘沒有跟我在一起，我卻喜歡上了那個樂團；我因為留在了這裡，雖然我早晚要離開，卻找到了面對孤獨的辦法。

我的人生就充滿這樣的陰差陽錯，就像我從小到大就是個理科生，最喜歡數學，最討厭背誦，卻在這兒寫著文章。

做過的事總有意義，哪怕是那些你不喜歡的事也是。如果逃不掉，註定要花費時間，那就把時間花得用心些。一件事能有什麼樣的意義，在於你能給這件事什麼意義。只有這樣你才有足夠的資本，在遇到你喜歡的事情時，把這件事情牢牢握住。

於是我開始大量地閱讀，開始反覆練習，開始試著把每一天都利用起來。
於是我開始試著愛上我現在所生活的這座城市。

人生充滿各種中轉站，你知道你到這裡只是為了去另一個地方，可就是這樣的中轉站，給了你足夠的休息時間和力量。

5

你看我現在慢慢找到了那條通往未來的路，卻開始懷念那些找路的日子。當然我非常喜歡現在的樣子，每天都樂在其中。我想，人在某種程度上都很賤，你總是會懷念那些一無所有的日子，覺得那些時刻比什麼都真實，而你在經歷那些一無所有的日子時，想的都是某天要過上想要的生活。

我現在已經可以把房間收拾得井井有條了，像是一個人住久產生的強迫症，一本書放錯了位置我都不舒服。我終於買了自己夢寐以求的大音響，每天都用音響放著那些喜歡的歌。我終於有了一個很大的書櫃，我不知道要用多久才能把書櫃填滿。

我還想養隻貓，但想想自己那麼逗逼、貓那麼高冷，我很可能搞不定牠。

哦，對了，我現在給自己做飯時，也沒那麼敷衍了。
我已經學會了不敷衍自己，從某種角度上來說，這比不敷衍別人難得多。

在某段時間裡，我想過：如果我當初選擇了另一條路會怎樣。
我想，以我的性格我一定會有很多朋友，可以時常相聚，我不會離家那麼遠，在累的時候可以回家看看。我那幾段跨越太平洋的戀愛或許也不會無疾而終，至少還能多製造一些兩個人在一起的回憶。

但我後來想了想，我只是在爬坡時覺得累，想要過一些別種的人生而已。歸根結底都是一樣的，你還是會面臨孤獨，你還是會碰壁，你還是會爬坡，然後唸叨這條路怎麼這麼長，什麼時候才能到山頂。

什麼時候才能到山頂？我不知道。

我是多麼笨拙，每次快到山頂時才發現不過是幻覺，山頂還在更高的上頭呢，就這麼循環反覆中，我慢慢爬過了很多路。

我想，我一定可以越走越遠的，我就是這麼確信著。哪怕我翻越山坡又發現了另一個坡，我也不會害怕。

我最終還是告別了坎培拉，回了墨爾本。

那麼然後呢？

然後，我就要回來了。

▶▶　BGM：　Eninem/Sia　*Beautiful Pain*

thirty-three

/ 各自的天亮 /

二姐其實本來不叫二姐，我們都叫她三姐，可她嫌三姐太難聽，説反正自己挺二（*意指蠢呆、白目）的，不如就叫二姐吧。

我們叫她三姐是因為她做事永遠只有三分鐘熱度。剛認識她時她學做飯，剛看完食譜就發了飆：「一勺鹽！什麼叫一勺鹽！是用小勺子還是大勺子，你倒是寫明白啊！」然後她受女神刺激學起鋼琴，説自己學鋼琴肯定是高端大氣上檔次，然後學了兩天就拋棄了鋼琴跟我們出來玩。我問她鋼琴的事，她説：「讓一個人高端大氣上檔次的不是鋼琴，而是臉。你看吳彥祖健身你們都説帥，但換了潘長

我知道你也把一個人的微博從頭到尾看過，他喜歡的你也喜歡，他討厭的你也討厭。他難過你想安慰，他開心你想祝賀，可你們之間有時差。他像夏天般熾熱，你卻一人走過了四季沒留在夏天。他像清晨般明媚，你卻在夜半時獨自醒著錯過了清晨。

江（*大陸著名喜劇演員）去健身，你們會說帥嗎？」

再後來二姐在三里屯頂了間店，改成了一個小酒吧。我心說那敢情好，最愛朋友開酒吧，這樣我就可以每天去蹭酒喝。在二姐那兒蹭酒的第一天，我說：「二姐，妳這酒吧可得開久一點。」二姐點頭：「那可不，我每天都守在店裡看小帥哥呢，這種好事我肯定得做久點。」

一個月以後我滿懷期待地再回北京，酒吧關門了。

那陣子在二姐那兒蹭酒時，二姐總是一個人在門口溜達。等到凌晨兩點多酒吧快關門時，才進來跟我們這幫人一起喝酒，然後三分鐘喝醉。喝多之後她就抱著吧檯旁邊的柱子狂吐，一直吐到吐出膽汁再開始乾咳，接著衝到廁所洗把臉，面無表情地走出來，假裝剛才什麼都沒有發生。

我們也都默契地不問，只默默地幫她拖完地，再一如往常告別回家。
只有一次二姐徹底喝醉了，喝完直接趴在桌子上就吐，吐完之後滿臉淚，抬起頭就對我們吼：「老娘不等了，老娘再也不等了。」
就這樣她一直哭到天亮，哭到手機被她砸爛，哭到眼淚再也流不出，哭到再也吼不動，她等的人還是沒來。

哦，對了，那台手機，就是那個某人送給她的。

二姐堅持最久的兩件事，都和某人有關。
一個是堅持用某人送的手機用了三年，另一個就是一下愛了某人好幾年。
可她明明是一個做事只有三分鐘熱度的人。

原諒我實在不想叫某人二哥，就讓我叫他某人吧。反正他倆終於也

山高水遠再不相逢，我知道某人在二姐心裡永遠變不成路人甲，但也永遠變不回主角。

說起某人還是主角的時候，二姐像嗑了藥、喝了酒一樣瘋瘋癲癲地愛他，活像是瓊瑤劇裡的女主角，每天都過得撕心裂肺、**轟轟**烈烈。她也特別喜歡電影裡的橋段，每天都愛和某人演。她說自己是三分鐘熱度就害怕某人也是，所以要想著法地看看某人有多愛她。

比如她半夜打電話給某人說有急事，某人立馬出門氣喘吁吁趕到時才知道什麼事都沒發生；比如有一天他們一起去朝陽公園，半路上二姐說不想去了，死活要去看長城，某人二話不說開了導航立馬變道，開了幾個小時去看長城；比如她有一天在街上任性起來，偏要某人到五十米開外衝著她跑過來邊跑邊喊「我愛妳」，某人都沒遲疑立馬衝到五十米外照做。

那天，我看到兩個金光閃閃的神經病，一個在王府井大街一邊奔跑一邊喊「我愛妳」，另一個還沒等他衝到跟前就向著他跑了過去，然後大喊「我也愛你，愛到海枯石爛的那種愛」。

我和包子對視一眼，腳底抹油瞬間退到了兩白米開外。

某人那陣子是真的愛二姐，就像是二姐一皺眉他就能立馬想出幾百種哄二姐的辦法；去唱歌他就能一下點出好幾十首二姐最愛唱的歌。那時二姐就是他手上的至寶，而且是必須萬般呵護每天察看幾百遍生怕她落一點灰的那種。

那時的她氣勢如虹。

畢業後二姐本來想回西安，但為了某人毫不猶豫留了下來。二姐比某人先畢業一年，就先在外面租了個房子，一邊瘋狂找工作一邊省吃儉用。某人也常去二姐家住，二姐是在畢業後第三個月找到工作的，那天我們在她家喝啤酒，不知道是喝多了還是怎麼的，某人突然撲通朝著二姐跪了下來，說，這一年妳多委屈我知道，按說這房子我也該出錢，妳別急，等老子畢業了就娶妳。二姐唰地眼淚掉下來，像極了偶像劇裡的苦情戲，一把抱住某人說，沒關係，我等你。

有個朋友那時在喝酒，噗地一下吐了二姐和某人一身，一邊拿著紙巾道歉，一邊說我第一次看到現實中的這種戲碼。我輕蔑地一笑：小夥子，你還太嫩了，他倆這樣的戲碼我一天就能見好幾次。

等我畢業了就娶你。好，我等你。

於是二姐一等就是六年。

其實某人很早就開始不對勁了，畢業後他喝醉的次數越來越多，回家的時間越來越晚，後來乾脆回家的次數越來越少。二姐心裡也嘀咕，想著某人應該是辛苦賺錢，但後來想通了，誰賺錢能幾天幾夜不回家。

那時他倆開始不分晝夜地吵架，吵架，吵架，但二姐的口才某人根本沒法比，每次他都被二姐說得啞口無言。有一次吵得特嚴重，二姐開始摔家裡所有能摔的東西，包括某人新買的筆電。某人打開窗戶，一下把二姐的手機摔到了十樓下面。智慧型手機不比諾基亞，硬是摔得螢幕粉碎散了架。

某人第二天送了她一台新手機。
手機壞了能買新的，甚至買更好的，而感情有了裂縫連破鏡重圓都不可能。
所以他倆不光沒有破鏡重圓，反而徹底分了手。

那天某人在二姐家收拾東西，二姐衝過去想抱住他，可還是忍住了。
後來他倆在門口互相道了別，誰也不說話。

二姐想起那陣子快分手時，他倆打著電話，也是誰都這麼不說話。明明有千言萬語，可對面再也不是那個可以說話的人。

相見恨晚變成沒有默契，侃侃而談變成無話可說，面對面交流變成翻山越嶺，相識也能變成陌路那種感覺，就像你沉入了海底拚命想呼救，卻喊不出聲，只能看著自己一點點沉到海底，被黑暗吞沒。

一週後二姐回了西安，走之前她說自己再也不會回北京了，與其待在這個傷心地，不如回家繼續氣勢如虹。

那時我也真信那是我最後一次在北京見二姐。

可一個月還沒到，她就又回來了。她說，原來的上司給她發了郵件說希望她回來工作，她想了想找個工作不容易，就回來了。我說，也好，只要妳別再想以前那份感情，這工作總比妳重新開始一份工作、重新磨合強。

但我錯了，工作只是一個催化劑、一個幌子，二姐是為了某人回來的。

兩人分手不到一個月，又舊情復燃、你儂我儂。我不知道他倆是怎麼又攪和在一起的，看著他倆恩恩愛愛、和好如初，心想要真能和好也好，畢竟這麼多年陪著二姐的，也只有某人。

有一天，我們和二姐一起去三里屯玩。二姐說：「三里屯這地方真不錯，以後我要在這附近開個酒吧，你們可得來捧場。」我問：「怎麼想到開酒吧？」二姐說：「這樣某人在外面喝酒的時候就可以來我這兒了，免得他鬼混。」

包子和我互換眼色，我問：「你們現在怎麼樣了？」
二姐眉飛色舞：「等我們兩個工作都徹底穩定了就結婚。」
聽說某人的工作也快穩定下來，想想就是不久以後的事，我們都祝福二姐。

事實證明，某人給二姐的，只有「等」這個字。
半年後某人的工作穩定了下來，他倆又開始頻繁地爭吵，原因俗到像一部通俗的偶像劇。某人的手機裡出現了一個小三，這回兩人吵架誰都沒摔誰東西。
後來二姐說她摔不動了，以前她還會生氣憤怒，這回她心灰到骨子裡，已經沒有力氣再去發洩心裡的情緒。

於是兩人再次分手。
分手後二姐辭了工作，回了西安。她說難過的時候只想回家，只有西安能讓她安心。

我去西安見過她一次。那時臨近過年，她說自己馬上要結婚了，家人介紹的，感覺還不錯。

我說，祝賀妳，終於找到歸宿了。

二姐笑笑沒有說話，我看不出任何感情。

過年時二姐打電話跟我說她退了婚，家人不能理解，不光是她自己，對方的家也被搞得天翻地覆。還好自己那時找的是個好男人，對她說既然不想嫁那也不會強娶，幫她好說歹說才勉強說服了雙方父母。可她爸媽不樂意，覺得自己女兒給自己丟了臉，那天她邊哭邊說她在西安快待不下去了。

我說，這都是小事，你來張家港，我包吃包住。

二姐沉默了一會兒，說，我想回北京，我想開酒吧。

其實二姐很有市場，那陣子她每天在酒吧門口溜達，還真有不少人問她要號碼。她也不給，就說自己在門口等人，可一連好幾天也沒人看到她等到誰。

那時有人追二姐，開了輛好車停在酒吧門口，進了酒吧就對二姐說：「我要把這個酒吧頂下來，包括妳。」二姐也沒含糊，回了一句：「滾。」

那人看二姐這樣的態度，邊往外走邊罵罵咧咧：「妳每天都說要等人，可我也沒看到妳真的等到誰，傻×。」

那天二姐喝醉了。

那天二姐砸爛了手機。

那天二姐還說了句：「為什麼不是我？」

我想起她酒吧剛開張的時候，我說：「二姐，妳這酒吧可得開久一點。」

二姐回：「那可不，我每天都守在店裡看小帥哥呢，這種好事我肯定得做久點。」

其實二姐的意思是：「那可不，我每天都守在店裡等著某人呢，我們以前說好要在這裡開酒吧的。」

後來我才知道，二姐開酒吧前給某人發過訊息：我開酒吧了，希望你能來。

沒有回應。

二姐說，只要他說自己會來，我就會一直等，就像之前他說他會娶我，我就一直等。自己等了好幾年，終於才明白某人給他的，只有等待。

那年她是多麼氣勢如虹，現在她是多麼兵敗如山倒。

酒吧關門後，我去找過二姐。

二姐說自己就在北京扎根了，畢竟這麼多年了，還是覺得應該留下來。

我怕她和某人脫不了干係，她告訴我某人已經結婚了。

她問我：「你有沒有把一個人的微博從頭看到尾過？」

我點頭。

她說：「我把他的微博從頭到尾都看過一遍，看到他開心想祝賀，看到他難過想安慰。可那些都不是他的現在，我們之間有時差，而那時在他身邊的另有其人。我其實早就應該看開了，可還是沒忍住最後聯繫了一次。其實諷刺的是，我被他寵壞了。這幾年我一直活在過去的那幾年裡，在我想念的另一頭裡，故事早就翻了好幾章了，唯有我一個人留在了這頁沒辦法翻篇。」

二姐最後被外派到了東京，我再沒有見到她。

我不知道她還會不會把某人的微博翻了又翻，不敢關注，不敢評論。

我知道你也曾把一個人的微博從頭看到尾過，看過她曾經的喜怒哀樂，看著她開心你想祝賀，看著她難過你想安慰，可那些都不是她的現在，能說的話也顯得那麼不合時宜。她的情緒和你有時差，她的天亮是你的天黑。只是來不及參與的，再牽腸掛肚也沒辦法。

我想，現在二姐大概也明白了，有些人你等不到，他們是你在機場苦苦等待的一艘船；有些人在一起時總天黑，不如分開擁有各自的天亮。

▸▸　BGM：　陳奕迅〈全世界失眠〉

thirty-four

/ 喜歡你，不必等到愚人節 /

1

兩年前的愚人節，黃總準備向小九表白。但準備歸準備，黃總這個人根本不知道應該怎麼表白。表白前夕，他拉了個微信群讓我們給他出主意。我們一堆人七嘴八舌，小裴最直接：「用錢砸！一頓金銀財寶把她砸暈了，這事就成了！」黃總回：「你信不信我拿100塊的硬幣砸暈你！」

老陳最老土：「你就買條項鍊然後藏在蛋糕裡，她吃著吃著吃出來一條項鍊，多浪漫！」黃總說：「誰愚人節送蛋糕啊！一看就有詐！」

春天的風吹過臉龐，夏天的雨伴著泥土的味道，秋天的落葉邊踩邊跑，冬天的午後慵懶的陽光，都比不上你在我身旁。我不相信距離，我不相信時間，我甚至懷疑愛情本身的意義，可我相信你。

最後這個滾燙的山芋滾來我這裡，我說：「……要不你給她高歌一曲？」

黃總說：「我不會唱歌啊！」

我說：「那……要不我給她高歌一曲？我現在給你唱一下啊，『對面的女孩看過來，看過來看過來，這裡有個小哥喜歡妳，他喜歡妳……』」

隔著手機我都能感到黃總正在拚命忍住摔手機的衝動。

到後來我們實在受不了了，一起對著黃總喊：「你直接對小九說一

句『我愛妳』，你會死嗎？！」

黃總幽幽地回了句：「說不定真的會。」

人固有一死，或死於拖延，或死於手賤，還有一種，或死於矯情。

不作不死，一作就死，國家認證。

2

其實我知道為什麼黃總要選擇愚人節這天表白，是因為這樣可以給
自己留條後路。自尊對黃總來說是一件天大的事，大到他可以假裝
自己不在意小九，大到他可以挑愚人節來表白。我一直不懂為什麼
黃總會把自尊看得這麼重，大概就像我不知道為什麼每到半夜我就
會餓，這是一種無法解釋的事情。

所以三年前的愚人節，黃總剛說完一句「我喜歡妳」，就立馬接了
句「哈哈哈哈，我是開玩笑的」，接著就是死一般的沉默。我覺得
尷尬，為了緩和氣氛，毅然決然犧牲自己唱起了「對面的女孩看
過來，看過來，看過來，這裡的表演很精彩，請不要假裝不理不
睬……」

於是我們迎來了更長的沉默。

沉默中我一直等著第二個人打破這沉默，可無論是小九還是黃總，誰都沒有說話。小九沒有回應，黃總沒有表白。

那句「我喜歡妳」變成了愚人節一個無傷大雅的玩笑。
說假話時裝灑脫，說真話時裝隨意。

小九不在我們這兒久待，很快她就飛回了廣州。
或許這也是黃總潛意識裡覺得他和小九不可能在一起的理由，因為小九之前的朋友圈寫著：我不再相信異地戀了，愛情能超越時間能打敗距離，都是假的。

3

一年以後的愚人節前夕，黃總說自己過兩天一定要飛去廣州對小九表白。黃總說，一年多了我都沒有忘記小九，我必須告訴她我的心意。

我說：「黃總，你還準備愚人節表白嗎？」

黃總說：「不，我想要在今天就表白。」

我看了一眼手機，3月29日，我問：「今天是什麼好日子嗎？」

黃總說：「今天不是什麼特殊的日子，但從今以後它就是了！我不想等到什麼節日，也不想等到什麼明天，我要去對一個人說『我愛妳』，此時此刻。」

今天愚人節突然想起這個故事，不知道多少人借著愚人節去表白，其實對一個人說「我喜歡你」，從來不需要等到一個什麼特殊的日子。

還好這個小故事有個好結局，那時我正好寫了句：「我不相信距離，我不相信時間，我甚至懷疑愛情本身的意義，可我相信你。」
小九第一時間點了讚。

愛一個人，如果她在等待，你就往前走一點；如果她在懷疑，你就讓她堅信一點；如果她自我保護，你就多付出一點。到後來你們相看兩不厭時，誰都不會計較誰付出得多。

黃總過陣子就要結婚啦，朋友圈裡曬結婚證書、曬孩子的越來越多。
我要去給他們唱：「對面的女孩看過來，看過來，看過來，這裡的表演很精彩……」
誰都阻止不了我！

▸▸　BGM：　任賢齊〈對面的女孩看過來〉

thirty-five

/ 你是午夜誤點的乘客，
而他偏偏也選了這班車 /

小雨是我剛到墨爾本時認識的朋友，人高腿長身材好，聰明學霸學歷高，進能臥槽女漢子，退能嘻嘻小嬌羞。大齡單身女青年。

她媽從六年前開始著急，變著法兒提醒她該找個人嫁了。

有一天，她媽問她：「妳還記得妳高中的鄰居嗎，那個劉什麼的。」

小雨知道她媽要説什麼，漫不經心地説：「記得啊。」

小雨媽也假裝漫不經心地説：「我昨天買菜遇到他媽了，小夥子最近過得很不錯。」

「嗯。」

有時你是誤點的乘客，別人早就出發到了目的地，只有你還在月臺看風景，遲遲不願坐上那輛開往未來的車。有時你也想踏上那班車，不管身邊的人是誰。可你還在等，就這麼誤點著，等著那輛末班車，等著跟你一同上車的人。

「哦，對了，聽說他已經結婚了，孩子都三歲了。」

「嗯……」

「妳看看妳，妳說說你們一樣大，妳是不是也該快點找人嫁了。」

如果有人找你聊天，話家常看似沒有一點重點，請耐心聽。很快你就會聽到那個「哦，對了」，看似漫不經心，實則都是重點。

小雨媽一直有個特殊天賦，但凡小雨在家，她就可以從任何話題聊到談婚論嫁。

「妳看看妳，這麼晚了還沒起床，怎麼嫁得出去？」

「妳也該學學做飯了，不然怎麼嫁得出去？」

最讓小雨鬱悶的是逢年過節，七大姑八大姨和一堆不知道該叫叔還是舅的親戚，天天對著她唸叨。

沒辦法，小雨也走上了相親的道路。

每次不是我就是老陳打她電話，假裝有事江湖救急。

有一天，小雨剛相親五分鐘，就給我發了暗號。等我和小雨在咖啡廳碰面時，我問她：「妳這樣下去怎麼嫁得出去？」小雨掀桌：「你大爺的，你這話跟我媽說得一模一樣。」

我說：「別說妳媽了，連我媽都急。」

小雨說：「我還沒享受完現在這樣的日子了，想幹嘛就幹嘛，又不用非得有個人陪著。我不急，誰都別想替我急。」

小雨也想著辦法拖，前年最徹底，乾脆一個人跑去支教（*到落後地區義務教學）。看著她風風火火，做著自己喜歡的事，我也真心替她開心，多麼完美的例子！從此，我可以拿小雨的故事說服我媽了！

小雨，麼麼噠！

直到2013年9月，小雨喝多了打電話給我，邊打邊哭。

我說：「我的天啊，是不是支教的時候受人欺負了！告訴哥，

哥……給妳打錢讓妳飛回來！記得還！」

小雨說：「我覺得我嫁不出去了。」

我努力合上我驚呆的嘴，說：「妳不是不著急嗎？」

小雨說：「總還是有急的時候，我享受現在的生活，不代表我不想有個人可以跟我分享啊。日子過得苦，想有人傾訴；日子過得好，想有人分享。人都這樣，這和她堅強不堅強沒關係。」

我天生拿哭的女生沒辦法，不知道該說什麼，只能說，沒關係，再等等。

小雨說：「老娘今年都二十七了！身邊的人都有孩子了，就我沒有。我也想有個他啊，啪啪啪，麼麼噠，分享我的生活啊，可是追我的人我不喜歡，我喜歡的又沒可能，你說我這是不是賤。」

我說：「不是，妳這是要求高！要求高懂嗎？！」

小雨說：「我要求哪兒高了，我又不要求他怎麼樣，只要順眼就好了啊！」

我說：「尼瑪，能列出來條件的總有符合的，妳知道這種虛的所謂的順眼才是最高的條件好嗎？」

小雨又開始難過：「我嫁不出去了……」

有時羨慕情侶，有時貪戀自由。

有時什麼都不怕，有時又怕沒結果。

還好小雨等來了結果。

2014年小雨遇到了老沈，她覺得這就是她等的人了，老沈就是她的救贖。像手機連上了Wi-Fi，像不會游泳的人看到了一艘船，像我看到了最愛吃的。

兩人開始成雙入對，天天膩在一起。小雨媽最近頭也不疼了腰也不痠了，別提多開心了。

我問她：「這回確定了？」

小雨點頭如搗蒜：「嗯！」

小雨說：「你說我跟別人都聊不來，怎麼跟老沈就有說不完的話呢？雖然是陌生人，但又好像認識了很久。」

我說：「這還不簡單，是因為妳以前不愛搭理別人，讓妳那麼高冷。」

我問：「如果沒有遇到老沈，妳怎麼辦？」

小雨說：「繼續等唄，等到等不下去為止，等到哪天喝醉後的心情變成常態。」

這不是一個多曲折的故事，等待的過程有多難熬也只有小雨知道。雖然我也想多提些老沈的故事，可我跟老沈完全不熟，對於他們的經歷，小雨也不提。

我想說的是接下來小雨的這段話：「有時候我覺得我是誤點的乘

客，別人早就出發了，早就到了目的地，只有我還在月臺看風景。爸媽急，朋友曬，其實有時候我自己也著急，我只是不等到那班車不想走。」

我說：「如果妳是誤點的乘客，總有人跟妳一樣選了這班車。」

我也經常產生莫名其妙的熟悉感，就像你去一個從沒去過的街道，昏黃的路燈、車站的海報、街邊的紅綠燈，都給你一種曾來過的感覺；就像你遇到一個以前從沒遇到的人，卻產生了像認識了很久才能生成的默契。

這種熟悉感我不知道從何而來，或許這世界就有莫名其妙的事，妳是午夜誤點的乘客，而他偏偏也選了這班車。

前不久小雨終於跨入了曬結婚照的行列，看著她幸福的樣子，腦海裡迴盪的都是那天她哭著說我覺得我嫁不出去了。

就走你正在走的路，聽你愛的歌，看你愛的電影，堅定不移地走下去。不要怕沒人與你分享，想要遇到共鳴，就得先找到自己。總有人也會聽那些歌、看那些電影，不要怕相見恨晚，相見恨晚後藏的都是還好遇到了。

想起這個故事，就突然這麼寫了下來，如果可以，把她的好運也給你。

祝大家好運，麼麼噠。

▶▶　BGM:　孫燕姿〈遇見〉

thirty-six

/ 多遠都沒能在一起 /

對於早戀這件事，我也沒有什麼發言權，我因為不知道怎麼表達，從一開始就輸在了起跑線上。老唐不一樣，這傢伙十四歲時就談起了人生的第一場戀愛。

那年，他坐在教室最後一排，總喜歡瞇著個眼睛觀察教室裡的每個姑娘，興許是一起學習太久，老唐對班裡的姑娘提不起興趣。直到有一天，有個姑娘轉學到了我們班，老唐的眼睛從此變大了兩倍。

這種一見鍾情的戲碼，年紀越小越容易發生，因為不必考慮太多，

離別時都說不管多遠都要在一起，最後你們還是沒能多遠都還在一起。
可時間重來，你還是會篤定地說這句話。因為說這句話時，你堅信不管
去哪裡，你都可以帶她去。有時會想起一個故事，不光是想故事裡的
人，還有故事裡的你自己。

都是看臉。老唐那年還沒有啤酒肚，也算個小鮮肉，隨即跟姑娘眉
目傳情。姑娘哪能明白老唐那猥瑣的眼神，以為老唐是個神經病，
加上人生地不熟，只顧低頭寫作業，從不看老唐一眼。

老唐開始變招，每天給姑娘寫情書。老唐雖然成績不好，但寫得一
手好字，不知道姑娘是喜歡那內容還是喜歡那字，傍晚下課時兩人
開始一起走。先是保持一米的距離，有禮貌地說說笑笑，再後來就
牽上手了。

後來兩人開始傳字條，有一天班主任發現了，老唐一個箭步衝上前，搶過字條一口吞了下去，我們都目瞪口呆。後來班主任叫家長，爸媽逼老師問，硬是沒能問出老唐的那張字條是傳給誰的。但也因為叫了家長，兩人開始不在課上傳字條……兩人改在課上眉目傳情。……好歹考慮一下我的心情，我坐在你們中間啊，我要掀桌了啊！

那時姑娘每次做作業做著做著就往老唐的方向看一眼，老唐瞬間就能像心電感應一樣也看姑娘一眼，然後兩人相視一笑。不要問我是怎麼知道的，因為每次對視完老唐都會給姑娘一個飛吻，每次這個時候我也會心電感應一下地寒毛直立，感覺有個噁心的東西從我頭上飛了過去。

就這麼初中畢業，我們都直升高中。我心想要看著他們繼續秀恩愛秀三年，姑娘卻搬家去了鎮江。

人對距離的感知，會隨著時間推移變得不同。
家與學校的距離，人與人之間的距離，另一個城市和這裡的距離。
那時覺得人與人之間的距離最近，城與城之前的距離最遠。
但凡出了我們這個市，管它是鎮江還是廣州，都統稱為遠方。
姑娘就是要搬家去那個遠方。

對老唐來說，這意味著不能每天上課看到她，不能每個週末去找她。

就是這麼遠。

姑娘臨走時來班裡跟大家告別，面色平靜，直到她眼光掃到老唐時眼淚直掉。她爸在一旁拍拍她的肩膀，說搬家這種事習慣就好了，長大了妳會覺得沒什麼的。父母在班主任也在，老唐就這麼目送著姑娘走了，一句話都不能說。

班主任一走，老唐立刻衝出了教室，但是他沒能追上姑娘。回教室時，他手裡拿著一堆小靈通儲值卡，說要每天給姑娘打電話，這樣也不用害怕欠費了。

在不打電話的時間裡，兩個人就互相寫信。那時老唐和姑娘經常去照相館沖洗照片，寄給對方。

那年暑假，老唐慷慨激昂地對我說：「我明天要去看初戀！」

我深受感染：「去！」

老唐：「所以你要借我點錢！」

我深受感染：「借！」

等等，好像有點不對！還好我機智，反應迅速：「我為什麼要借你錢？」

老唐看向遠方：「因為愛。」

老唐就是這麼在我幼小的心靈上開了一槍，再也沒有還過。

他倆在車站見了一面，一起吃了午飯，在傍晚時老唐起身回了家。

兩人在車站交換了送給彼此的書，約定看完了就再見一面，繼續交換。老唐臨走時抱抱姑娘，說雖然遠了點，但是我們還能在一起。

可他的初戀還是莫名其妙地結束了，連分手都沒有說。

姑娘因為她爸工作的關係，高二時說要搬去北京。老唐聽到消息後差點想蹺課殺去鎮江，那天在課上他看著自己的小靈通，表情定格許久，大聲喊了句靠。

那是他第二次被叫家長。

我一直不懷疑如果那天老唐能控制住情緒，如果那天他爸沒有被叫到學校，他一定會毫不猶豫就去鎮江。

姑娘晚上在電話裡邊哭邊說「對不起」。

老唐說：「不要管那麼多，不管多遠我們還是能在一起。」

後來老唐吵著要去北京，跟他爸吵了一次架。他爸把他的小靈通摔得粉碎，兩個星期後的週末他才東拼西湊省出買一台新的小靈通的

錢，可姑娘的電話打不通。

他才想起來姑娘說因為她爸發現她每天半夜打電話，要把她的電話收走，到時候她偷偷買一個，再把號碼告訴他。

可沒想到，老唐的號碼也變了。

那天是我陪他去買的電話，老唐在路肩上坐了一下午。

什麼都沒説。

高三時老唐家為了備考，特地搬到了學校邊的小公寓裡。於是他和姑娘最後的一絲聯繫也斷了，姑娘不知道老唐搬去了哪裡，即使有時間寫信，老唐也收不到。即使信能寄到原地址，也沒法到老唐的手裡。

那天老唐在草稿箱裡給自己寫了句「我們分手吧」。

就這樣結束了他的初戀，伴隨著最後兩年的杳無音信。

時間飛逝，到了大三，那時開始興起校內，老唐在網上找到了姑娘。老唐的高考志願填了北京，我們都不知道是不是為了姑娘，兩人五年後見面。

久別重逢是這樣的，你看著她，還是那張熟悉的臉，可卻拼不出原來的感覺。她頭髮長了，也長高了，在沒有你的日子裡成長了，在

你們彼此最需要彼此的時候，你們沒能陪伴在彼此身邊。

我們都期待重逢時還如初見，可彼此都知道這是一場豪賭。

我們都相信我們是特別的，可最終我們還是落入俗套，無一倖免。

姑娘說那天她從鎮江搬家，是被爸媽拉著走的，她怕老唐找不到
她，她怕兩個人就這麼失去聯繫。後來她給老唐寫過信，可是老唐
沒有回。

老唐笑著說，就許妳搬家，不許我搬家啊。

姑娘也笑。

老唐沒有拿出藏在包裡的那些儲值卡和照片。

後來老唐去了蘇州，兩人沒再聯繫。

再後來2015年春晚出現了一首歌，叫〈多遠都要在一起〉。

我一聽這歌就給老唐發微信，老唐說自己也在聽，還說，這句話不
是他先說的嗎？

我說，說不定這世界上每個人都說過這句話。

你們都說多遠都要在一起，但你們都沒有多遠還在一起。

老唐說，現在回想起來沒什麼遺憾，也沒什麼後悔的。世界那麼

大，每個人都匆匆忙忙，有人能在身邊停留過一陣就是奇蹟。只是相遇的時機很重要，終究大家都是彼此路過。有時會懷念，大多數時候又覺得沒什麼，就是這樣。

我問，如果重來一遍，你還會跟姑娘說多遠還在一起嗎？

老唐說，不管重來多少遍都是一樣的，一樣會那麼篤定。

因為那是青春裡的你，因為那是什麼都不懂卻信誓旦旦的你。

那是不知道自己會去哪裡，卻堅信自己可以帶她去的你。

我想起我初中時暗戀的一個姑娘，她在我們班樓下。

有一天下大雨，我給姑娘發條訊息，說：「下雨了沒帶傘，妳帶傘了嗎？」

姑娘沒回，課後我趴在桌子上睡覺，聽到有人叫我。

我抬頭就看到了姑娘站在我們班門外，手裡拿著一把傘，對我說：「我帶了兩把傘，這把給你。」

我記得她穿的衣服，至今都記得，是藍色的毛衣。

而我接過傘，想跟她說很多話，卻還是只說了一句「謝謝」。

我不遺憾，只是偶爾會想起，只是偶爾回頭看一眼，像是記憶裡的碎片。

就像在這個說「約嗎」跟問你「吃飯了嗎」一樣頻繁、在這個說

「我愛你」都快沒意義的時代。

有時還是會想起那個站在你面前，因為太年輕太靦腆又太笨拙，明明看過無數電影，明明知曉無數情話，明明排練熟練橋段，明明見過人潮洶湧，卻還是不知道應該怎麼把心裡想的告訴你，束手無策的我自己。

▶▶　BGM：　鄧紫棋〈多遠都要在一起〉

thirty-seven

/ 不想再辜負別人，
就先不辜負自己 /

和朋友聊天，她在北京租了個房子，做設計。

她說最近開始養貓了，怕自己太孤獨。

我發了個壞笑的表情過去，說那妳該考慮找一個人一起生活了。

她回了個微笑的表情，說在真的遇到一下子能動心的人之前，寧願
選擇孤獨。

我說，妳這段話我不久前聽過類似的。

每個人都會度過一段一個人生活的日子，或長或短，或習慣或不安。

免不了，逃不掉。

如果沒有準備好，就一個人生活，往前走，等到能夠撐得起期待的時候就行了。不想辜負別人，那就先不辜負自己。世界總會放晴，溫度會變得剛好，時間稍縱即逝，我們該心生歡喜，別辜負大好時光。

三年前，朋友失戀，我們怎麼找也找不到她。直到快放棄時，才在十號線上找到了她。她說自己難過時就喜歡坐環線，一圈又一圈，手機沒訊號，電話打不通，一個人待著。

包子也是差不多那時候被房東趕出來的，他來我家坐了會兒，把一切說得輕描淡寫。晚上我想讓他在我家住，他卻不肯。第二天我接到保全的電話才知道這傢伙在社區門口的草坪上坐了一晚，被當成了可疑人物。後來他找了住處，兩週後我才有空去他那兒看看。那是個被改成臥室的倉庫，我看著有點難受。他說，沒事，這兒便宜。

很久以後我還能回想起找到姑娘時姑娘的眼神，和臨走時看到包子坐在桌子前做視頻，腳下一堆雜物的情景。

像黑白默片刻在腦海裡，沒有聲音，沒有對話。

因為我能看到他們在説：不要安慰我。

有時候人就是這樣，遇到再大的事自己扛，忍忍就過去了，聽到身旁的人一句安慰就瞬間完敗。

所以讓我一個人待著，不要安慰我。

不知道是不是想要徹底改變生活方式，姑娘在那之後一個人住了三年。

我説，一個人住有好有壞，有副作用。

姑娘笑，問我副作用是什麼。

我説，副作用就是會產生只有一個人生活久了才會產生的怪癖，比如我每逢十二點就會開著音響做宵夜，包子在房間裡擺了十二盆仙人掌，沒人知道為什麼。

姑娘説，那我就是一回家就脱衣服，一路走一路脱，一直脱到淋浴間，正好脱光然後洗澡。

我説，大白天的，妳説這個太犯規了。

姑娘説，我現在很難想像將來我跟別人生活在一起的樣子，可能這

個習慣也會消失。一個人生活久了什麼都自己承擔，知道了生活的重量之後，再去習慣兩個人的生活，反而需要更多的勇氣。

我說，或許吧。

姑娘問我，你覺得這個轉變是好是壞。

我沉默，吃起了排骨。

一個人走得遠了，心就像無堅不摧的變形金剛。越強大其實越柔軟，不怕傷害怕突然的溫柔，不怕挫敗怕突然的想念。

我們怕的，都是辜負。

難過也好傻×也好，自己選的，就不會有怨言。因為孤獨的重量只是自己，辜負的重量還有他人。

很長一段時間我沒有答案，我不知道是好是壞。

後來跟包子聊天，包子給了我一個簡單粗暴的答案：不要辜負不就好了。我的小龍蝦吃到一半，突然覺得這樣一個簡單粗暴的答案很有道理。

總是因為太患得患失，所以過於敏感；因為起伏不定，所以失去原本擁有的。

既然還沒有準備好讓一個人進入你的生活，那就先過好一個人的生活。很累的時候，就聽幾首歌放空；很煩的時候，就去樓下跑步；很焦慮的時候，就去洗把臉。愛的人愛不到，就先愛自己；等的那天還沒來，就先做自己喜歡的事。

我們得學會照顧好自己，調節好情緒，這不僅僅是對自己負責，也是讓你未來遇到誰誰誰時能不自卑。對自己和對未來的那個誰的最好的禮物，就是把現在的自己照顧好，變得更好、更懂得珍惜。

我們都怕辜負勝過孤獨，那就確保自己不會再辜負身旁的關心。
不想再辜負別人，所以選擇先不辜負自己。
希望我們每個人都能在孤獨這門必修課上及格。

▶▶　BGM:　Avril　*Nobody's Home*

thirty-eight

/ 你給的別人不要的，
就不要再給了 /

老陸是我大學時的學長，有一天我在上課，他來等我一起吃飯，一眼看中了跟我上一節課的姑娘。姑娘跟我一起從教室裡出來，看到老陸也很禮貌地打招呼。老陸後來說，喜歡姑娘就是因為他特別喜歡有禮貌的人。我調侃他說，還不是因為姑娘長得好看。

從此以後，老陸每逢我上那節課就一定來找我，我想了想應該介紹他們認識，就拉著姑娘三人一起吃了幾次飯。姑娘是那種見到人一定會打招呼、麻煩別人時一定會說「謝謝」、走在路上不小心撞到人了一定會說三次「對不起」的性格。再加上姑娘一米七，天生大

不喜歡的歌，我們會切歌；不喜歡的人，或許我們都該學會拒絕。不耽誤別人，不耽誤自己。

長腿，老陸從此淪陷於大長腿，不對，淪陷於姑娘的善良，一發不可收。

後來老陸就跳過我，準時請姑娘吃飯。
說好的永遠不重色輕友呢？！

一來二去，老陸和姑娘混得很熟，老陸的性格也很不錯，兩人又都對漫畫、電影和音樂之類的東西很感興趣，很是投機。
三個月後老陸準備表白，找齊我們給他出主意。

一幫人七嘴八舌，有人說，老陸，你就來個最俗氣的方法，送她東西。

老陸大義凜然：我家姑娘是這麼俗氣的人嗎？

聽到「我家姑娘」時我們紛紛吐倒，表示讓老陸自己想辦法，自求多福，臨走時給了他一個鼓勵的眼神。

老陸思前想後，還是決定用送東西這個辦法。

剛開始只是偶爾送一下漫畫模型，姑娘也會送給老陸一些。

後來老陸咬咬牙，硬是好幾天不讓自己吃飽，省出來的錢買了條項鍊，決定送給姑娘，告訴姑娘他心裡的秘密。

姑娘沒有收。

晚上老陸找我喝酒，一直喃喃自語：「為什麼她不肯收？」

我說：「因為太貴重。」

老陸說：「也沒有多貴重啊，相比起來有些模型反而更難找。」

我說：「我知道有些模型很難找，但姑娘也會送給你一些，因為她覺得和人分享自己喜歡的東西是一件開心的事。貴重的不是你的禮物，貴重的是你的心意。」

老陸說：「貴重怎麼了？貴重就不能收嗎？」

我說：「不能收，不肯收，是因為她不喜歡你。」

老陸不死心，説明天要去她家樓下等她。

姑娘也心疼老陸，下樓見他，説了很多，最後擱下一句「對不起」。

我怕老陸太難過，就跟另一個基友在一旁等他，剛覺得時間過去太久準備去找他時，老陸拿著禮物盒出現在我們面前。

那是他精心準備的今晚準備送給姑娘的禮物。

基友歎氣，説：「還是不肯收？」

老陸點頭。

我問：「還有希望嗎？」

沒有回應。

那天下大雨，我們都縮在公交車站臺下，我很怕老陸做出衝進雨裡把自己淋感冒的偶像劇行為，和基友死死守住他旁邊。

老陸沉默半天終於開口，説：「你倆這是在幹嘛？怕我想不開？」

我一聽老陸這樣的語氣，倒也放心了些，就問：「接下來準備怎麼辦？」

老陸説：「我知道姑娘是個好人，所以我也想讓她安靜些。死纏爛打説不定有用，但我不想這樣，我知道但凡她有一點動心，她也不會跟我説這麼多『對不起』。她不需要我這些，我又何必再給。」

我説：「其實這樣挺好的，真的，你和姑娘都挺好的。」

「就是沒辦法在一起。」

老陸補了這句話。

我想起之前我認識的另一個姑娘，特別喜歡我一哥兒們。

姑娘出了名地高冷，卻對我哥兒們特別好，每天早上當他的鬧鐘，每天晚上都給他一個晚安。後來她決心表白，那陣子流行表白門，具體的例子有在對方宿舍下擺個心形蠟燭，興師動眾大喊「我愛你」，恨不得全世界都聽到。

我覺得這玩意兒是把雙刃劍，如果人家正好喜歡你，也喜歡這種方式，那多半事半功倍；如果人家不喜歡你，你還硬要讓全世界都知道，彷彿你付出了那麼多，她不喜歡你就是個罪人，那多半兩個人都彆扭。

姑娘是個土豪，包了個電影場，準備讓場館放她準備的表白視頻，還拉著我們一起去見證。

我哥兒們一進門就發現不對勁，對姑娘說了句「對不起我還有事」，就先走了，剩下姑娘一人在原地凌亂。

我哥兒們前腳剛走，後腳姑娘就哭了。

我有點於心不忍就找到了我哥們兒，跟他說了事情的原委，說如果有一點動心就試試吧。

哥兒們說：「抱歉。」

我説：「你跟我説抱歉幹嘛？要説或許你該對姑娘説。」

哥兒們半晌沒説話，最後説：「是我對不起姑娘，如果有什麼讓她誤會的話是我的問題，所以我不能更對不起她。如果我有一點猶豫，她一定會向著我這個火坑裡跳。她喜歡的是火，可我最多只是一個燈泡，就讓她覺得我鐵石心腸吧。」

我無法評論對錯，姑娘沒有錯，他也沒有。

不喜歡一首歌，我們都會切歌；不喜歡一個人，或許我們都該學會拒絕。

拒絕這回事，越果斷越好。無法回應的感情，就從一開始斷了對方的念頭，如果確信做不到那就連希望都不要給。很多時候我們都害怕拒絕別人，覺得這是一種傷害。其實不是，快刀才能斬亂麻，不吊著別人其實就是最大的善良。

你給的東西別人不要，就不要再給了，何必掏空了自己又拖累了他人；別人給的東西你實在無法回應，就不要再收了，明明不在意又何必給別人希望。

▸▸　BGM：　Ellie Goulding　*Love Me Like You Do*

/ 往後的日子，我們都不要辜負自己 /

ICE-CHAN：今天盡力雖然辛苦，但未來發生的都是禮物。

夏先森有詩和遠方：給自己的感情留了一個空白期。不急於找下一任來填補這段空缺。我相信一個詞叫，隨遇而安。我一直相信，那個正確的他一定會出現的。可能在明天，也可能會在後年。但不管怎麼樣，我都不會放棄去認認真真經營感情。願所有人都被愛和能去愛。

可不搭：如果你想要早睡，那麼從今晚開始就比平時早睡一個小

時；如果你喜歡一個人，那就努力地追求，千萬不要演獨角戲；如果你想要好好學習，那麼就放掉手機；如果你討厭一個人，就避免跟他接觸。我們無法改變別人，也無法改變世俗的煩擾，但至少可以讓自己開心一點。

陳杏紅的Faustine：看一場「五月天」演唱會。

繁華落盡散乚地浮殤：因為你，我願成為更好的人，不願成為你的包袱，因此發憤努力，只是為了證明我足以與你相配。

溫娜娜醬：終於承認人生是確有高峰和低谷存在的，並且可以坦然接受了。這兩年多都停在低迷時期，自己都討厭那樣的自己，恐怕也被人討厭，太急著成長，急著證明，不甘心又不自信。人生路走走停停，走是成長，停也未必不是成長，無論處於什麼時期，都應該接納這樣的自己。如今終於可以說，我開始喜歡現在的自己了。

Nana芊薔子呀_：你努力的樣子看起來很棒。

等太陽的人95：分手兩年我學會你讓我唱的〈征服〉。我學會了你當初怎麼教都不會的「鬥地主」。我學會了每天抱著一本勵志書來看……兩年以後我發現生活學習中的自己越來越像當初的那個你，

在不知不覺中。那年我最喜歡你，可是你沒有讓我活得像我自己。

餅餅餅餅＿我要吃餅：選擇了出國這一條路，曾經的最好的朋友關係疏了淡了，男朋友喜歡上了朋友，分手了，好多事情都好難。想家的時候抱著枕頭歇斯底里，眼淚淋花枕頭，第二天還是要打起精神去學校……想過很多次如果沒有出國會怎樣，可是沒有如果，努力地去接受努力地成為一個坦率積極的大人，希望將來不覺得辜負了自己的青春。

南下旅店：我相信所有的不期而遇都是冥冥之中的註定並且早有伏筆。

小影影i：千言萬語比不上一句唯一。

可惜我是天蠍座卍：一個人在圖書館自習的時候，一個人在操場上跑步的時候，一個人坐在食堂吃飯的時候……有時候會羨慕別人，但我知道我的堅持沒有錯。掛掉老媽電話後自己哭的時候，看著朋友都有了新生活的時候，我懂得有些東西說給自己聽會更好。20歲以前的日子可以亂，但20歲以後的生活一定不辜負自己，加油。

Margaret_Happy：我總是下定了一萬個決心說拒絕，卻在你發給我那

一刹那瓦解。

萌萌噠紫菜：很多人問，明明可以很安逸，為什麼上了大學還那麼拚命。因為比你優秀的人更努力更拚命。世界上最優秀的那些終究屬於努力的人，你的每一點辛酸老天都看得見。差距就在別人堅持不下去時再堅持那麼一下。有一個更好的平臺的人往往缺乏鬥志，你要相信，你的平凡，你的普通，你的孤獨，正是老天給你寶貴的財富。

luck感謝生活：如果在大學，你的身邊有一個愛在課堂上睡覺的姑娘那就娶她吧。第一，她肯定不打呼嚕；第二，這樣都能考上大學說明她智商高；第三，睡覺不蓋被子不感冒，說明她身體好；第四，上課顧睡覺了沒時間和小帥哥微信傳情有沒有。結論，愛睡覺的姑娘都是好姑娘，我愛睡覺但我還不夠好。

bluenn：陪伴大概就是有人能夠發洩，可生活卻總是剝奪我們發洩的有效期。

帥氣的小英宏_Rukawa：有沒有想過接近一個不可能的人。突然就去喜歡他喜歡的事情，然後下一次見到他的時候就會想：「也許現在離你就沒有那麼遠了對不對？」我知道這很幼稚。也許這些只和自

己有關的努力只是為了一句：「Hey,你也喜歡這個？」「啊，我也是。」要我說，為什麼喜歡一個遙遠的人，因為喜歡就是喜歡了，無關距離。

小汶子在期冀：都說「陪伴，是最專情的告白」，殊不知「等待，是最漫長的告白」，我或者是邊走邊等他，等一些無法預計的美麗，唯願我的詞不達意可以連接到他的心領神會。

雯琳_LinerW：沒有我說晚安，你也可以睡得很好。

餘年瘋子：我熬過漫漫長夜，路過生活的寸寸荒原，穿梭在車水馬龍的街，只想有日到你身前眼裡，給你看我內裡揉碎了的溫柔和美麗，同你說原來你竟在這裡。

蘇子文Monica：那時的悲喜交加，再難過的生活終究還是一年一年過來了。越來越不奢求會再有什麼所謂好事降臨。因為我更願意相信，我每一天都好好過，總有一天，我會坦然拿到我想要的。這樣子，大抵就是說明，我長大了吧。

陪鹿度過漫長歲月：在我放棄英國努力申請offer申請簽證努力考雅思（IELTS，國際英檢考試）的節骨眼，在墨爾本的男朋友居然狠心

跟我說分手。那一瞬間心裡很平靜，我沒有回覆一個字，就這樣冷處理掉了，因為我心裡還有尊嚴。我只想變得更好更優秀，為了自己的未來而走下去。還是去墨爾本，還是Monash跟他一學校。我想說，我不是為你來的，是為了我自己。

嵐非mio：因為這個世界，我第一次來，也是最後一次，所以我沒有理由不努力。

張鳳嵐：在每一個熬著夜，喝著紅牛的日子裡，大學是我唯一的目標，偷偷哭泣的時候，「披頭四」的歌陪伴著我，就算未來再長，難得遇見一個剛剛好的人，只願回過頭來看著這個奮力前行的自己，我也可以笑著說，謝謝你，陪伴我度過的青蔥歲月。

FelixandChen：總覺得我的貓喜歡你多過喜歡我，每天牠叫醒我的方式是趴在我的臉上，對你卻是輕輕地蹭臉蛋。我想抱著牠看看電視，牠卻更樂意趴在你的大腿上曬太陽睡懶覺。哈哈騙你的啦，牠有偷偷跑到我懷裡跟我講牠更喜歡我。哈哈騙你的啦，我沒有貓，也沒有你。

Yelllow3：今年我大一，第一次談戀愛，竟是和妳。妳愛讀思浩的書，我便字字認真地去讀。妳喜歡什麼，我就會想要多去瞭解

一點。我說我喜歡《願有人陪你顛沛流離》這書名，妳說「我會的」。所以啊，我很想在妳最愛的作者的書上出現。那個時候，妳會認得出，這是我寫給妳的情話嗎。哲雄妹妹。

譚秀娟-Hero：起風了照顧好自己，下雨了別淋濕衣裳。之後，你好好的，我慢慢走。

kiss甯寧0228：有人陪你走到終點，這固然很好，但這並不現實。現實是如果他中途下了車，那麼你要學會自己陪伴自己，因為這是你成為更好自己的理由。

鹿羽Lay：你選擇的東西選擇的人選擇的路，沒有任何人能夠跟你保證你以後會變成什麼樣子，而你唯一能夠做的，就是堅定自己的選擇然後為之付出努力。這世上的一切都是靠自己去爭取的，只有當你走到了最後，你才會知道你最終被定義成了什麼樣子。別想得太多，未來那麼長，盯緊眼前的目標，一步一步踏實地走就好了。

靜默-前行-XX：想要的一種生活，你在一邊做你的事，我在另一邊做我自己的事，我們互不打擾，卻彼此在一起，偶爾相視一笑，也是那麼的甜蜜幸福，我想這就是我對陪伴的詮釋吧，我們是獨立的個體，又是一個整體。

PHOTO PROVIDED

唐　誠

高昊宸

李嫣雨

劉　晴

AUTHOR PROFILE

如果你願意，記住我的名字，我叫盧思浩。

是個幼稚鬼，是個做大夢的傻子，是個篤信自己
未來的人，是個能為一點微小的事情開心一整天
的人，是個能在城市裡迷路的路癡，是個妄想留
住時間跟時間賽跑的人，是個熬夜控，是個妄想
用不多的文字照亮這個孤單宇宙的人，是個喜歡
先說大話然後去拚命實現它的傻瓜。

THANKS

感謝每個看到這本書的你，

謝謝你們一直願意聽我說話，

是你們把力量借給了我，堅定了我走下去的信念。

離 開 前

請 叫 醒 我

離開前請叫醒我 / 盧思浩著. -- 臺北市：春天
出版國際, 2017.05
　　面；　公分. -- (書。寫；1)
ISBN 978-986-5607-68-5(平裝)

855　　　　105015610

本書台灣繁體版由四川一覽文化傳播廣告有限公
司代理，經中南博集天卷文化傳媒有限公司授權
出版

作　　　者	盧思浩
總　編　輯	莊宜勳
主　　　編	鍾靈
版 面 設 計	克里斯
排　　　版	三石設計
出　版　者	春天出版國際文化有限公司
地　　　址	台北市信義路四段458號3樓
電　　　話	02-7718-0898
傳　　　眞	02-7718-2388
E － m a i l	story@bookspring.com.tw
網　　　址	http://www.bookspring.com.tw
部　落　格	http://blog.pixnet.net/bookspring
郵 政 帳 號	19705538
戶　　　名	春天出版國際文化有限公司
法 律 顧 問	蕭顯忠律師事務所
出 版 日 期	二○一七年四月初版
	二○一七年七月初版八刷
定　　　價	450元
總　經　銷	楨德圖書事業有限公司
地　　　址	新北市新店區寶興路45巷6弄6號5樓
電　　　話	02-8919-3186
傳　　　眞	02-8914-5524